'व्यंग्यश्री' गिरीश पंकज की बेबाक ग़ज़लें

घर शीशे का,
दिल पत्थर का...

गिरीश पंकज

डायमंड बुक्स
www.diamondbook.in

प्रकाशक : डायमंड पॉकेट बुक्स (प्रा.) लि.

X-30 ओखला इंडस्ट्रियल एरिया, फेज-II

नई दिल्ली - 110 020

फोन : 011- 40712200

ई-मेल : sales@dpb.in

वेबसाइट : www.diamondbook.in

Ghar Shishe Ka, Dil Pathar Ka...

by : *Girish Pankaj*

समर्पण

श्री जितेंद्र कुमार झा

को

जिन्होंने हाईस्कूल में मेरी

पहली कविता को शालेय पत्रिका 'वन्यजा'

में प्रकाशित किया था।

भूमिका

धूमिल की तरह आक्रामकता...

हिंदी की सर्वाधिक यथार्थवादी ग़ज़लें

समकालीन वरिष्ठ गज़लकारों में गिरीश पंकज एक जाना-पहचाना और बेहद जरूरी नाम है। गिरीश रायपुर में रहते हैं। पत्रकार रहे हैं और वह केवल ग़ज़ल्कार नहीं है व्यंग्यकार, कथाकार भी हैं। आम तौर पर ग़ज़लकारों में विधागत विविधता नही मिलती है। बहुत कम ऐसे शायर हैं जिन्होंने किसी दूसरी विधा में अपनी पहचान स्थापित की है। महेश कटारे सुगम और गिरीश पंकज में यह विविधता पाई जाती है। गिरीश पंकज की गज़लों का केन्द्रीय तत्व व्यंग्य तंज और प्रतिरोध है। गिरीश पत्रकार हैं। पत्रकार घटनाओं को हू-ब-हू प्रस्तुत करता है वह घटनाओं की समीक्षा और औचित्य का निर्णायक नहीं होता है। लेकिन ऐसा नही है कि वह घटनाओं से अप्रभावित रहता है। वह प्रभावित होता है मगर वह ख़बर के दायरे से बँधा होता है आलोचना और संवेदन का स्पेस कम होता है। इसलिए जागरूक और संवेदनशील पत्रकार खबर की सीमा रेखा से हटकर अपनी अभिव्यक्ति के लिए दूसरी विधाओं की ओर बढता है। गिरीश के व्यंग्य और कथा दोनों की वस्तु पर सामयिक घटनाओं का प्रभाव दिखाई देता है। यही समकालीनता उनकी गज़लों में हैं। ग़ज़लें इंसानियत के सुन्दर सपनों की बुनियाद पर टिकी हैं। यह सपना इस दुनियाँ में प्रेम और भाईचारा का है आपसी एकता और सहयोग के संकल्प का है। गिरीश अपनी ग़ज़लों में तहजीबी मक़सदों को छू

लेने की कोशिश करते हैं और भाषा के नर्म व गर्म तेवरों से ज़िंदगी और व्यवस्था के तमाम रहस्य खोलते हैं लेकिन इस नर्म और गर्म तेवर का मक़सद है, एक ऐसा समाज जहाँ समरसता और प्रेम आबाद हो, विश्वास, समरसता और प्रेम कायम हो।

गज़लकार हो या कवि हो किसी भी रचनाकार का यह बयान प्रतिबद्धता का प्रमाण है। प्रतिबद्ध होना किसी भी साहित्यकार के लिए जिम्मेदारी ही नहीं दायित्व भी है। प्रतिबद्धता एक आयामी नही होती जैसा कि आज की कविता में इसे भाषा का सवाल का माना जा रहा है प्रतिबद्धता जन की भाषा और जन की संवेदना का सवाल है जो गिरीश की गजलों की मुख्य क्रियाशीलता है। यह प्रतिबद्धता जन के प्रति है इसे जन आस्था कहते है। जन के प्रति आस्था ही जनवाद का आधार है। जन आस्था परिवर्तन कारी शक्ति का आधार है। जिस रचनाकार में बदलाव की ज़िद नही है, वह जन आस्थावादी नही हो सकता है। वह बदलाव इसलिए चाहता है कि जिस व्यवस्था में जनतन्त्र नही है, वह अपने सरोकारों के अनुकूल नही समझता है। ऐसी चिन्तनधारा समय के प्रति जागरुक रचनाकारों की होती है। गिरीश पंकज ने अपनी गज़लों मे समय को बडी शिद्दत के साथ पिरोया है। समय और परिदृश्य के प्रति तथ्यपरक होना बहुत कम ग़ज़लकारों में पाया जाता है। गज़ल का व्याकरण ऐसा होता है कि उसमे तथ्यों की वैसी बुनावट नही हो सकती, जैसी बुनावट कविता में होती है, लेकिन गिरीश ने इस जड़ता को तोड़ा है । वह तथ्य और तर्क के साथ समय का विध्वन्सक बिम्ब देने के लिए हिन्दी ग़ज़ल के इतिहास मे हमेशा याद किए जाएंगे। देखिए लोकतन्त्र के प्रति अनास्था –

सच कहना दुश्वार हुआ है
अकसर अत्याचार हुआ है
लगे सियासत की मुंडी में
कोई भूत सवार हुआ है
सच्चे लोगों पर हैं पहरे
कैसा कारोबार हुआ है
बात समाजवाद की लेकिन
सामंती किरदार हुआ है
गांधी तेरा हर इक चेला
मन से ही बीमार हुआ है

केवल राजनीति ही नहीं, गिरीश समय की मूल नब्ज़ व्यापारवाद पर भी अपनी बात रखते हैं। बाजारवाद, भूमंडलीकरण का विरोध प्रतिरोध कहलाता है। प्रतिरोध आज की कविता का युगस्वर है । यह स्वर कुछ ग़ज़लकार ही अपना सके हैं। यह प्रतिरोध केवल अमूर्त अवधारण का काव्यात्मक रचाव नही है बल्कि कवि की प्रतिबद्धता का रचनात्मक प्रतिफलन भी है। गिरीश पंकज प्रतिरोध को व्यंग्य की शक्ल में उकेरते हैं। यह उनका नया प्रयोग है। बाजार ने सत्ता पर अपना प्रभाव जमा लिया है लिहाजा आज का नरेश या जनप्रतिनिधि भी उन्हे कारोबारी और पूँजी के विशाल साम्रज्य का दरबारी सा दिखाई देता है। यह सच भी है आज के राष्ट्राध्यक्ष खुद के खून में व्यापार होने का दम्भ जो भरते हैं, इन सब अवस्थितियों से जनता तो जूझती है ही, कवि भी रचनात्मक मुठभेड़ करता रहता है। इसलिए इस परिदृश्य की टूटन व तोड़ने की कामना हर ग़ज़लकार रखता रहा है। उर्दू के शायर इकबाल का यह कहना कि जिस खेत से दहँका हो मयस्सर न हो रोटी, अर्थात जिस खेत से आदमी को रोटी न मिले तो उस खेत की जरूरत क्या है।

गोरख पाण्डेय और अदम गोंडवी साब भी इस उपयोगिता का सवाल उठाते हैं और बदलाव की सिफारिश करते हैं। यह बदलाव भीड़ नहीं करती, बल्कि ग़ज़लकार निर्मित चेतना करती है। यहाँ अहसास के रूप में ग्रहीत निजी चेतना को वर्ग चेतना में तब्दील कर गिरीश पंकज ने ग़ज़ल की प्रतिरोधी भंगिमा का विस्तार किया है।

एक कोटि कलावादी शायरों की है, तो दूसरी कोटि ऐसे शायरों की है जो चिड़िया, फूल, पत्ती और प्रकृति के मनोरम व्यापार को चित्रित करता हुआ दूसरे किस्म की राजनीति में सलंग्न हैं। वह दिखाता है कि हम जनसरोकार रखते हैं मगर जन सरोकारों की सैद्धांतिकी से नहीं परिचित हैं वह सीधे राजनीति और व्यक्ति पर बात नहीं करते प्रतीकों के द्वारा संकेत करते हैं। ऐसे ग़ज़लकारों में महिला ग़ज़लकारों की संख्या अधिक है। गिरीश की ग़ज़लों मे प्रतीकात्मक उपस्थिति कहीं नहीं है। वह अदम की तरह सीधे लोक की अदालत में खड़े हैं। लोक से भाषा लेते हैं। लोक से तेवर लेते हैं और लोक की मंशा के अनुरूप अभिव्यक्त करते हैं।

लोक का जुड़ाव और राजनीति दोनों तत्वों में वैचारिकता का सन्निवेश जरूरी है बगैर वैचारिक तत्व के लोक और राजनीति की भी कविता फार्मेट के लिए असम्भव है। मैं किसी नये लेखक के संग्रह की भूमिका नहीं लिख रहा बल्कि अपनी उमर से बड़े एक ज़रूरी लेखक की ग़ज़लों पर प्रतिक्रिया दे रहा हूँ । गिरीश पंकज का लेखन विधागत विविधताओं से भरा हुआ और विपुल है। वे केवल शायर नहीं हैं, एक बेहतरीन इंसान भी हैं। उनकी सहजता, मृदुता प्रेमभाषा के साथ उनके लेखन में भी उतर आयी है। मेरे जैसा अदना-सा पाठक इस सादगी में ही खो जाता है। मैंने इस

ग़ज़लकार की वैचारिकता में झाँकने की जुर्रत की है। इस कोशिश को अपने मित्र पाठकों के लिए एक सुलभ नजरिया समझा जाए। बाकी एक पाठक की भूमिका केवल इतनी होती है कि वह कभी भी पूरी बात नहीं कह सकता। शेष बातें वह अपने साथी पाठकों के लिए छोड़ देता है। मैं भी इस रीति का पालन कर रहा हूँ। और अन्त में यह कहूँगा कि गिरीश में धूमिल की तरह आक्रामकता है, तो त्रिलोचन जैसी भावपरकता भी है। इन ग़ज़लों से गुजरना अपने समय के खतरों से गुजरना है एवं इन गजलों की कैफियात और कहन देखकर कहा जा सकता है यदि यथार्थ ग़ज़ल का काव्य है तो गिरीश की ग़ज़लें हिन्दी सर्वाधिक यथार्थवादी ग़ज़लें हैं। इस यथार्थ का काव्य महज शल्य क्रिया नहीं है अपितु सपनों के लिए बगावती तेवरों का आगाज भी है। गिरीश पंकज की ग़ज़लों से आज के हिन्दुस्तान का बिम्ब निर्मित होता है। एक ऐसा हिन्दुस्तान जहाँ राजनीति ही मनुष्य की परिभाषा तय कर रही है। और राजनीति ही मुद्दे तय कर रही है। राजनीति ने जम्हूरियत को कुछ वर्गों की मुट्ठी मे कैद कर दिया है। इससे जम्हूरियत में विकृतियाँ पैदा हो गयी हैं। इन विकृतियों का प्रतिरोध ही गिरीश की ग़ज़लों का प्रतिपाद्य है।

–उमाशंकर सिंह परमार

बबेरू, बाँदा, (उ.प्र.)

दो शब्द

पाखंड पर प्रहार की विनम्र कोशिश

व्यंग्यकार होने के कारण मैं जो ग़ज़लें कहता हूँ, उनमें भी अनायास ही व्यंग्यात्मकता आ जाती है। चाह कर भी मेरी कलम ग़ज़ल के बने-बनाए फ्रेम के भीतर नहीं रह पाती। वह बाहर निकल कर अपनी कोमल अनुभूतियों को किनारे रख कर समकालीन समाज के दर्द को उकेरेने में लग जाती है। जो काम अपने दौर में कबीर ने किया था। दुष्यंत ने किया, धूमिल ने किया और बाद में अदम गोंडवी आदि ने उस काम को आगे बढ़ाया। साहिर भी मेरे आदर्श हैं, जिन्होंने शाइरी को यथार्थवाद का पर्याय बनाया और समाज को संस्कारित करने वाली अनेक ग़जलें और नज़्में भी कहीं। उन सब की चरण-रज लेकर मैंने शाइरी की दुनिया में क़दम रखा। मुझे लगता है कि कविता वही है, जो समय के सच का रूपायित करे। इधर की तथाकथित नई कविताओं को देखता हूँ तो मुझे क्या, अनेक पाठकों को दुःख होता है कि कविता के नाम पर कुछ लोग कैसी अबूझ भाषा का प्रयोग कर रहे हैं? कविता समझ में ही नहीं आती कि वह कहना क्या चाहती है। हाँ, आलोचक अवश्य बताता है कि कविता व्यवस्था के विरुद्ध प्रतिकार कर रही है। जबकि पूरी कविता में कहीं प्रतिकार का 'प' भी नज़र नहीं आता। कविता तो वो है जिसे पढ़ कर पाठक बरबस ही कह उठे, कवि ने तो मेरे मन की बात कह दी है। हिंदुस्तानी शाइरी में इन दिनों सच कहने का चलन बढ़ा है। शाइरी ने यथार्थ के धरातल पर सांस लेना शुरु कर दिया है। आज़ादी के बाद से ही ग़ज़ल में क्रांतिकारी तेवर नज़र आने लगे थे। भारतीय राजनीति से मोहभंग के कारण गीत ने नवगीत के रूप में नया अवतार लिया, तो शायरी नें भी हुस्न के दीदार या प्रेयसी

के बातचीत के पारम्परिक स्वरूप को त्याग कर जीवन की कटु सच्चाइयों को स्वर देना शुरु किया। शायरी की इसी प्रगतिशील परम्परा ने मुझे आकर्षित किया और व्यंग्य लेखन के साथ-साथ कब ग़ज़ल की ओर मुड़ गया, पता ही नहीं चला। मेरा मानना है कि

नये दौर के हम हैं पंछी अपनी नई उड़ान
ग़ज़ल कहेंगे नये ज़माने की जिसमें पहचान

बात पुरानी बहुत हो गई इश्क बहुत कर डाला
पहन लिया है आज ग़ज़ल ने दोहे-सा परिधान

जन-जन की पीड़ा को शब्दों में अब तो हम ढालें
वही शायरी सच्ची जिससे जागे उठे ईमान

अगर अदब में रहना है तो रहें अदब के साथ
कहें-लिखें कुछ ऐसा दुनिया बन जाए इनसान

दर्द ज़माने के कहना ही शायर का है फर्ज़
केवल शब्दों के गुलछर्रे कविता का अपमान

यह मेरा पाँचवाँ ग़ज़ल संग्रह है। इसके पहले के संग्रहों में मिली-जुली ग़ज़लें शामिल रहीं, लेकिन इस संग्रह की लगभग सभी ग़ज़लें नई हैं। इनमें समाज के विसंगतिपूर्ण चरित्रों को सामने लाने की कोशिश की गई है लेकिन ऐसा भी नहीं है कि ये ग़ज़लें किसी विचारधारा से प्रभावित हो कर कही गई हैं, या किसी खास विचारधारा को लक्ष्य करके कही गई हैं। मेरी तमाम रचनाएँ समाज और सियासी पाखंड पर प्रहार हैं। मैंने मनुष्य के अमानवीय होते व्यवहार, आचरण को पकड़ने की कोशिश की है। किसी भी दल या उसकी विचारधारा से प्रभावित हुए बगैर ये ग़ज़लें जनभावनाओं को स्वर देने की ही विनम्र कोशिश है। हाँ, यह जरूर है कि कहीं-कहीं सियासी चरित्र पर प्रहार है। वह

जरूरी भी है क्योंकि हम सबका जीवन सियासत के कारण बड़ा प्रभावित होता रहता है। इसलिए वहाँ जो बुराइयाँ नज़र आती हैं, उन पर प्रहार किया गया है। लेकिन यहाँ किसी व्यक्ति या विचारधारा के प्रति कोई दुराग्रह नहीं है। व्यक्ति नहीं, प्रवृत्ति पर ही प्रहार करना किसी भी तटस्थ रचनाकार का दायित्व होता है। कोई भी अच्छी रचना पूर्वाग्रह से ग्रस्त हो कर नहीं लिखी जाती। मैंने यही किया है। अनेक मंचों से मैं संग्रह में शामिल अनेक रचनाओं का सफल पाठ कर चुका हूँ। मेरा सौभाग्य है कि पाठ के दौरान लोगों की प्रशंसा ही मिली। इससे यह सिद्ध होता है कि मैंने जन-गण के मन की पीड़ा का मुखरित करने का काम किया। स्व. गुणवंत व्यास के अलावा डॉ. चित्तरंजन कर, भारती विश्वनाथन, मोऊ गुप्ता जैसे कुछ गायकों ने मनोयोग से मेरी ग़ज़लों का गायन भी किया।

मैं डायमंड बुक्स के समर्पित निदेशक सहज-सरल और रचना-कर्म तथा उसके मर्म को समझने वाले परम प्रिय नरेंद्र कुमार वर्मा जी का हृदय से आभारी हूँ कि उन्होंने मेरी भावनाओं को समझा और इस संग्रह को छापने से वे पीछे नहीं हटे। ऐसा कम ही देखने को मिलता है। इसके पहले भी डायमंड बुक्स से मेरी दो पुस्तकें प्रकाशित हो चुकी हैं: 'मेरी इक्यावन व्यंग्य रचनाएँ' और 'मेरे जीवन के अनुभव'। ग़ज़ल-संग्रह की भूमिका युवा आलोचक उमाशंकर सिंह परमार ने लिखी है, जो मेरी शायरी पर लिखी गई उनकी विस्तृत भूमिका ही संक्षिप्त रूप है।

अपनी शायरी के बारे में ख़ुद कुछ बोलने की ज़रूरत नहीं, क्योंकि रचना ही बोले, तो ज़्यादा बेहतर।

-गिरीश पंकज

एचआइजी-2, घर नंबर-2, सेक्टर-3,
दीनदयाल उपाध्याय नगर, रायपुर-492010

अनुक्रम

कुछ लोगों ने कैसा इक संसार बना कर रक्खा है
घर को भी बाहर जैसा बाज़ार बना कर रक्खा है

रिश्तेदारी लेन-देन के बिना अधूरी रहती अब
संबंधों को लगता कारोबार बना कर रक्खा है

लेन-देन के बिना यहाँ अब कोई बात नहीं बनती
ये कैसा हमने लोभी परिवार बना कर रक्खा है

एक ही घर में इक-दूजे को देते हैं अब ग्रीटिंगकार्ड
नयी सभ्यता ने अद्‌भुत व्यवहार बना कर रक्खा है

जिसके पास हुनर है वह क्यों जाएगा दरबारों में
उसने अपने को इतना दमदार बना कर रक्खा है

लूट रही सरकारें हमको तरह-तरह से देखो तो
लोकतंत्र को लूटतंत्र का सार बना कर रक्खा है

अपनी ही करनी का हम सब भोग रहे हैं फल भाई
अंधी-बहरी, लंगड़ी-सी सरकार बना कर रक्खा है

भूखे मर जाएँगे लेकिन हाथ नहीं फैलाएँगे
पंकज ने ख़ुद को ऐसा ख़ुद्दार बना कर रक्खा है

■

2.

जब तोते को पिंजरा भाने लगता है
सैयादों के गुण वह गाने लगता है

पिंजरा सोने का हो लेकिन है पिंजरा
पंछी बचना.. मन ललचाने लगता है

जिसने ख़ुद्दारी बेची हमने देखा
दरबारों में आने-जाने लगता है

जिसको अपने बल का हो अहसास वही
हँसकर अपना बोझ उठाने लगता है

जीवन में कुछ ना कर पाने वाला ही
दूजे का बस नाम मिटाने लगता है

जो चाहा वो मिल ना पाया पंकज को
देख के सपने मन बहलाने लगता है

■

3.

बहुत ख़ामोश हो कोई उसे नादान मत समझो
किताबें चार पढ़ कर आ गया है ज्ञान मत समझो

बड़ी तक़दीर वाले थे कमाया नाम या दौलत
रहो इनसान बनकर ख़ुद को तुम भगवान मत समझो

जो प्यासा था उसे पानी पिलाना धर्म है अपना
हमेशा नेक कामों को बड़ा अहसान मत समझो

बुज़ुर्गों की करो इज़्ज़त उन्हीं से शान है अपनी
उन्हें तुम घर का चौकीदार या दरबान मत समझो

जो दौलत के लिए अपने सगे का ख़ून कर देता
वो इक हैवान है पक्का उसे इनसान मत समझो

जो आकर के बला बन जाये सर पे बोझ–सा लागे
उसे ज़ल्दी विदा कर दो कभी मेहमान मत समझो

■

4.

वो रिश्वत खूब लेता है मगर सबको पचाता है
सुना है शख़्स रोज़ाना ही कोई चूर्ण खाता है

बिना खाए बेचारा एक पल भी रह नहीं सकता
न हो रिश्वत का मौक़ा तो सभी की जान खाता है

यहाँ जो भ्रष्ट है जितना वही ईमान दिखलाए
जो 'घपलू' है, सभाओं में वही 'पपलू' बिठाता है

वो हीरोइन भी गांधीवाद के रस्ते पे है चलती
उसे तन पे अधिक कपड़ा नहीं बिलकुल सुहाता है

सुना है उसका शौहर है बड़ा अफसर तभी तो जी
हमेशा घर पे मैडम के मुफ़्त का माल आता है

वो बचपन से हमेशा झूठ कहने में ही माहिर था
वही बंदा यहाँ पर आजकल नेता कहाता है

हमेशा लूटने की इक कला में वो लगा रहता
कभी घर पर कभी इज़्ज़त पे डाका डाल आता है

वो है इक आदमी जिसको यहाँ सब आम हैं कहते
मगर वो 'आम' तक भी गर्मियों में खा न पाता है

है पंकज नाम उसका आम है इनसान बेचारा
जो अकसर टूट जाते हैं वही सपने सजाता है

■

5.

नफ़रत से जो भरे रहेंगे
ज़ख्म उन्हीं के हरे रहेंगे

उनका जीना बड़ा कठिन है
जो हर पल ही डरे रहेंगे

हिम्मत करके आगे आएं
सारे दुश्मन परे रहेंगे

थोड़ा तो मुस्काए हर पल
क्या गुस्से में भरे रहेंगे

जो है ईमां वाले पंकज
हर मुश्किल में खरे रहेंगे

■

6.

कुछ तो लोकाचार निभाना पड़ता है
शातिर से भी हाथ मिलाना पड़ता है

कभी–कभी बेमन से करते काम यही
महफ़िल में जा कर मुस्काना पड़ता है

डर लगता है गुंडों की भरमार जहाँ
रोज़ वहीं से आना–जाना पड़ता है

कैसा है यह दौर यहाँ अब लेखक को
गुंडों जैसा गैंग बनाना पड़ता है

दुनिया का दस्तूर यही है पंकज जी
हम क्या है यह ख़ुद बतलाना पड़ता है

■

7.

वे इतने बिंदास हो गए
फ़ौरन बिना लिबास हो गए

गाली देना कला बन गयी
भजन यहाँ बकवास हो गए

सबको दो कौड़ी का समझा
ख़ुद ही गुम इतिहास हो गए

सुविधाओं के चक्कर में कुछ
सज्जन भी बदमाश हो गए

भ्रष्ट यहाँ दिखते हैं नायक
अच्छे सभी उदास हो गए

बोल न पाए बातें सच्ची
क्या हम कोई दास हो गए

जाने का ये नाम न लेते
दर्द हमारे ख़ास हो गए

पढ़-लिख के कुछ फेल हुए तो
बिना पढ़े कुछ पास हो गए

■

8.

मत पूछिए हम कितना पतन देख रहे हैं
हर सिम्त खुल रहे हैं बदन देख रहे हैं

यह कैसी नयी सभ्यता है कैसा नया दौर
कम हो रहे लोगों के वसन देख रहे हैं

पहले हजारों लोग मरे देश के लिए
अब उनको खोजता है वतन देख रहे हैं

इनसान हूँ अन्याय की हद हो गई अब तो
कब तक करेंगे हम यह सहन देख रहे हैं

अपने कहे से रोज़ मुकर जाए सियासत
पल-पल में बदलते हैं कथन देख रहे हैं

रिश्ते न टूट जाएँ वे ख़ुदगर्ज़ हैं बड़े
कोशिश में हमीं कर के जतन देख रहे हैं

विश्वास था माली इसे महकाएगा ज़रूर
लेकिन यहाँ उजड़ा ही चमन देख रहे हैं

यह तंत्र बड़े प्यार से सौंपा था हमीं ने
उन हाथों में अपने लिए 'गन' देख रहे हैं

हमने जिन्हें उठा के बिठाया था फ़लक पर
वे हमको दिखाते हैं ठसन देख रहे हैं

सूरज न जाने कब इधर आएगा क्या पता
फिलहाल रात है यह गहन देख रहे हैं

जिसके लिए हम जान लुटाएँ दगा करे
धोखाधड़ी है अब तो चलन देख रहे हैं

पापों का हाल ऐसा मत पूछ यह पंकज
पापी ही रोज़ करते हवन देख रहे हैं

■

9.

काट करके पर उड़ाया जा रहा
पंछियों को यूं सताया जा रहा

पास के घर में गमी जब हो गई
चाह कर हमसे न खाया जा रहा

लूट है, छल है सफलता के लिए
अब यही रस्ता बताया जा रहा

जो लड़े हक़ के लिए पीटो उसे
दौर यह कैसा चलाया जा रहा

आजकल जो नेक बंदा है उसे
हर कहीं मिसफिट बताया जा रहा

■

10.

होठों पर मुस्कान जमा कर आए हैं
चंद लुटेरे भेष सजा कर आए हैं

सावधान रहना नकली नेताओं से
ठगने का ये प्लान बना कर आए हैं

बच कर रहना तुम नौटंकीबाजों से
देखो कैसे मुँह लटका कर आए हैं

कल तक जिनका काला मुख ही दिखा नहीं
वे सब पाउडर–क्रीम लगा कर आए हैं

तरह–तरह के वादे करके ठगते थे
आज नया फिर लाट उठा कर आए हैं

सच्चाई की तुम कीमत पूछो उनसे
जो अपना घर–बार जला कर आए हैं

जोकर जी बैठे हैं कोने में रोते
अभी–अभी जो खूब हँसा कर आए हैं

■

11.

दु:खी होकर कभी भी रात अपनी स्याह मत करना
कहेंगे लोग कुछ भी तुम कभी परवाह मत करना

चले चलना हमेशा अपने रस्ते तुम निडर होकर
चुभेंगे चंद काँटे भी मगर तुम आह मत करना

अगर है बात अच्छी तो उसी पर दाद देनी है
बहुत कमजोर शेरों पर कभी तुम वाह मत करना

किसी को जो मिला जितना मिला उसका मुक़द्दर है
तुम्हें उम्मीद से ज़्यादा मिलेगा डाह मत करना

हमें जो कुछ मिला भगवान् का परसाद है पंकज
कभी भी हैसियत से दूर जाकर चाह मत करना

■

12.

पहन लिया है उस बंदे ने कुर्ता खादी का
शुरू हो गया अब समझो किस्सा बर्बादी का

उनको बस अपने खाने की चिंता है ज़्यादा
भूल गए वे क्या होगा भूखी आबादी का

लूट रहे हैं वे मज़बूरी में हम लोगों को
कितना ख़्याल है उनको दौलत की शहजादी का

नये-नये सूटों में दिखते हो तुम साहबजी
अपने हिस्से एक पुराना वह भी शादी का

लोकतंत्र की नीच त्रासदी देखी यह पंकज
यहाँ-वहाँ ज़्यादातर वंदन है अपराधी का

■

13.

सुख से कट्टी रही हमारी
दुःख से लेकिन पक्की यारी

सुख सपने में आ कर ठगते
दुःख आए पर बारी-बारी

हमको तक़लीफ़ों ने पाला
हम तो हैं इनके आभारी

झुकना सीख नहीं पाए हम
नहीं आ सकी अपनी पारी

कविता अपने लिए साधना
उनको लगती है तरकारी

हम भी यहाँ सफल हो जाते
बस आती थोड़ी मक्कारी

बेचारा वो पिछड़ गया है
क्यों पाला तेवर ख़ुद्दारी

तिल-तिल ही जोड़ा है पंकज
यहाँ नहीं है माल उधारी

■

14.

है विचित्र संसार देखिए
एक नहीं कई बार देखिए

खलनायक हैं नायक अब तो
उल्टा कारोबार देखिए

पापी कुछ ऐसे रहता है
ज्यों कोई अवतार देखिए

लम्पट भी शरमा जाएँगे
ऐसे रचनाकार देखिए

मन में कुछ है बाहर है कुछ
रोज़ यही किरदार देखिए

तन से होंगे सेहत वाले
मन से हैं बीमार देखिए

बदलें इस दुनिया को पंकज
नफ़रत का बाज़ार देखिए

■

15.

हमको घूर रहीं बंदूकें
मद में चूर रहीं बंदूकें

लोकतंत्र की हत्यारी ये
बेहद क्रूर रहीं बंदूकें

कायर हाथों में ही देखा
ज़्यादा शूर रहीं बंदूकें

तानाशाही रहे सलामत
जब भरपूर रहीं बंदूकें

लोकतंत्र को ठीक करें हम
इक नासूर रहीं बंदूकें

लंगूरों के हाथों में ही
मानो हूर रहीं बंदूकें

हर पल सच्चे लोकतंत्र को
नामंज़ूर रहीं बंदूकें

इक दिन ख़ुद मर जाती हैं ये
क्यूँ मगरूर रहीं बंदूकें

■

16.

पढ़-लिख कर अज्ञानी हो गए
जो बंदे अभिमानी हो गए

मत इतनी तारीफ़ करो तुम
हम तो पानी-पानी हो गए

कौन यहाँ रहता है ज़्यादा
इक दिन एक कहानी हो गए

दुनिया को लूटा फिर बाँटा
और कहें हम दानी हो गए

कौन उन्हें अब पास बुलाए
जो जहरीली बानी हो गए

■

17.

बार–बार ही छल मिलता है
मगर कहाँ कुछ हल मिलता है

बात अकेले से ना बनती
कुछ लोगों से बल मिलता है

राजनीति की इस दुकान में
आश्वासन केवल मिलता है

झूठे वादे झेल रहे हम
बस आभासी फल मिलता है

मान लो इसको फ़ौरन पी लो
शुद्ध कहाँ अब जल मिलता है

अपने से भी बतियाता हूँ
जब भी तन्हा पल मिलता है

कहता है वो दिन बहुरेंगे
मन कितना पागल मिलता है

■

18.

कुछ दिन तो सच्चा रहने दो
बच्चे को बच्चा रहने दो

लूट लिया तुमने कितना कुछ
तन पे अब कच्छा रहने दो

कचरा मत फेंको तुम भाई
बस्ती को अच्छा रहने दो

झूठे वादे और इरादे
बहुत हुआ गच्चा रहने दो

काम करो कुछ कर दिखलाओ
बातों का लच्छा रहने दो

लिखो सदा तुम अच्छी बातें
लोगों को अच्छा रहने दो

तुमसे अब डरते हैं बच्चे
गोद न लो चच्चा रहने दो

■

19.

गर चुनाव का मौसम है तो वादे कई हजार मिलेंगे
जिनको हमने मूरख समझा वही बड़े होशियार मिलेंगे

जिन्हें जेल में रहना था वे खलनायक ही अब नायक
क़दम-क़दम पर हमको ऐसे ही नकली किरदार मिलेंगे

किससे हम उम्मीद करें कि वो सच्चा-अगुवा निकले
अपने सारे वैद्य देख लो भीतर से बीमार मिलेंगे

वही पुराने, घिसे-पिटे सब चेहरे अब तो बदलें हम
खोजो-खोजो इस बस्ती में भले लोग दो-चार मिलेंगे

लोकतंत्र को राजतंत्र में हमने ही तो ढाल दिया
जनता का उपहास उड़ाते हमको अब दरबार मिलेंगे

■

20.

अब ऐसे किरदार लापता
सच के पैरोकार लापता

वोट माँगने आया था वह
फिर बंदा इस बार लापता

केवल मिलता है किस्सों में
वह सुंदर परिवार लापता

बाज़ारू सौदेबाज़ी है
पहले जैसा प्यार लापता

अब तो सब कुछ खुला-खुला है
गोरी का श्रृंगार लापता

कागज़ की तलवारें हैं बस
इसीलिए तो धार लापता

अगर जीत का लक्ष्य रखेंगे
हो जाएगी हार लापता

मिलते हैं मुस्कान बिना वो
अब तो शिष्टाचार लापता

मूरख राज करेंगे पंकज
हैं क्योंकि हुशियार लापता ■

21.

इधर हैं गुंडे, उधर हैं गुंडे
अंदर हैं, बाहर हैं गुंडे

जिनको समझा ठीक-ठाक थे
वे भी तो खुल कर हैं गुंडे

है समाज भगवान् भरोसे
कितने अजर-अमर हैं गुंडे

खुलेआम वे घूम रहे हैं
क्या सबसे ऊपर हैं गुंडे

कुर्सी की खातिर लड़ते हैं
खादी के अंदर हैं गुंडे

इनकी कोई धर्म नहीं है
मज़हब से बे-डर हैं गुंडे

लोगो तनिक एक हो जाओ
समझो तब मच्छर हैं गुंडे

■

22.

एक नहीं, कई फूल हमेशा साथ में अपने रखता है
फ़िल्मी-लव का मारा हमको वह इक बंदा दिखता है

सुबह 'मिली' के साथ शाम फिर 'लिली' मिल गई मजनूँ को
देर रात वह बड़े मज़े से 'जूली' के संग फिरता है

लड़का चक्करवाला है तो लड़की भी उससे आगे
खेल आजकल नये दौर का फिफ्टी-फिफ्टी चलता है

मात-पिता से बढ़ कर उनकी जोरू है अब क्या बोलें
बिन कपड़ों के मॉड बना यह नया इंडिया दिखता है

गिरते घर को आ कर अब तो कौन संभालेगा बोलो
वृद्धाश्रम में जा कर देखो घर का मुखिया रहता है

नैतिकता की बात मत करो यहाँ सिरफ़िरे पंकजजी
इन बातों पर अब तो तेरा घर ही खुल कर हँसता है

■

23.

चुप न रहो तुम बोलो भाई
ज़िंदा हो मुँह खोलो भाई

ज़िंदा हैं तो आज दिखाओ
चलो ज़रा तुम डोलो भाई

जहाँ सत्य की भीड़ खड़ी है
उनके संग में हो लो भाई

चुप रहने का पाप न करना
आज उसे तुम धो लो भाई

बहुत हुई कटुता की बातें
अब तो मिसरी घोलो भाई

दूजे की गलती मत देखो
ख़ुद को तनिक टटोलो भाई

तुम्हें जागना है अब जल्दी
भले अभी तुम सो लो भाई

■

24.

यहाँ-वहाँ अब छाए दिखते सारे तथाकथित
भरे हुए हैं सत्ता के गलियारे तथाकथित

जाने कितने सपनों की हत्याएँ कर डालीं
घूम रहे हैं मस्ती में हत्यारे तथाकथित

नकली सिक्के यहाँ चल रहे यह कैसा बाज़ार
असली हो गए हैं अब तो बेचारे तथाकथित

हमने तुमको प्यार किया पर तुम तो बदल गए
क्या मालूम था निकलोगे तुम प्यारे तथाकथित

मुझ तक आने से पहले उजियारे लुप्त हुए
भेजे थे चंदा ने शायद तारे तथाकथित

बहुत दिनों तक खून के आँसू रोई सच्चाई
आखिर इक दिन वही हुआ कि हारे तथाकथित

■

25.

चोर चोर हैं लेकिन हमको पहरेदार डराते हैं
वक्त जगाने का होता है तो बंदे सो जाते हैं

वक़्त आ गया है हम जागें इनको सदा जगाएँ हम
वरना ये नेता सत्ता के जंगल में खो जाते हैं

कुर्सी बदन उघारे देखो नाच रही खुल्लमखुल्ला
रजधानी में अच्छे भी ऐसे-वैसे हो जाते हैं

बच के रहना भूत-प्रेत की बाधा है जनतंतर में
कुरसी डायन खा जाती है भीतर जो भी जाते हैं

सत्ता डोरे डाला करती सावधान रहना पंकज
अक्सर लोग फँसे हैं जा कर, दो-चार बच पाते हैं

■

26.

आग शहर में लगा न देना
अफ़वाहों को हवा न देना

बात पुरानी भूल गए जो
बेमतलब फिर उठा न देना

छाँव पेड़ देता है हमको
इसको कभी कटा न देना

किया भरोसा बात बताई
कल तुम सबको बता न देना

अपने लिए बचा लो थोड़ा
बच्चों पे सब लुटा न देना

अबकी बार खिलौने ले आ
बच्चे को फिर रुला न देना

दीप मोहब्बत का जलने दे
इसको कभी बुझा न देना

रहबर बन जा लेकिन सब को
रास्ता गलत बता न देना

■

27.

ऐसा–वैसा बोल दो कुछ सुर्खियाँ मिल जाएँगी
और ज़िंदाबाद करती झंडियाँ मिल जाएँगी

जिनसे नफ़रत फैलती कुछ बात करते हैं वही
बस झुलसती दूसरे दिन बस्तियाँ मिल जाएँगी

प्रेम से रहने की आदत डालना भी सीखिये
बात बोलेंगे गलत तो गालियाँ मिल जाएँगी

देखिये इस देश को और दर्द को महसूसिये
है करोड़ों जिनकी भूखी थालियाँ मिल जाएँगी

सिर्फ़ टीवी पर बहस से बात ना बन पाएगी
बस ज़रा निकलें हजारों सिसकियाँ मिल जाएँगी

मैंने देखा फ़ितरतन बदमाश लोगों को यहाँ
पास उनके नफ़रतों की पंक्तियाँ मिल जाएँगी

आओ हम बारूद की अब गंध को मारें यहाँ
हो के निर्भय नाचती कुछ तितलियाँ मिल जाएँगी

■

28.

कटी हुई इक नाक सियासत
फिर भी है चालाक सियासत

झूठ-झूठ और सिर्फ झूठ है
समझे ख़ुद को पाक सियासत

अगर झूठ पर खड़ी हुई तो
हो जाती है ख़ाक सियासत

कुर्सी तेरा लक्ष्य लूट है
सेवा एक मज़ाक सियासत

छल-ही-छल तो देती है तू
ख़ुद को थोड़ा ताक सियासत

जनता कर देती है चलता
होती जब नापाक सियासत

लूटे नहीं, लुटाती पंकज
वो ही सच्ची-पाक सियासत

■

29.

कुछ के वारे-न्यारे हैं
कुछ किस्मत के मारे हैं

मौज यहाँ उनकी है जो
सपनों के हत्यारे हैं

जो छलिया हैं वे सब ही
क्यों लोगों को प्यारे हैं

धोखेबाज़ी में माहिर
चंद सियासी नारे हैं

गैरों से तो जीत गए
हम अपनों से हारे हैं

जितनी थी चादर अपनी
उतना पैर पसारे हैं

जो वंचित हैं पंकज के
अपने राजदुलारे हैं

■

30.

सद्भावों की क्या इतनी कंगाली जी
सबको देते रहते हैं कुछ गाली जी

दूजे की बस थाल निहारा करते हैं
जैसी है अपनी ही देखो थाली जी

हमने जन-गण के मन की पीड़ा गाई
वे समझे हम गाते हैं कव्वाली जी

हमने सच को सच कहने की ठानी है
जाने कब से यह बीमारी पाली जी

अब तो अच्छी बातों पर है मनहूसी
बस चुटकुल्लों पर बजती है ताली जी

जब तक ज़िंदा हैं तो बोझ उठाएँगे
करते हैं हम शब्दों की हम्माली जी

रूखी-सूखी खाकर ही ख़ुश रहते हैं
पंकज की फ़ितरत में नहीं दलाली जी

■

31.

क्या करें ऐसे किसी किरदार का
म्यान को जब भ्रम हुआ तलवार का

दोस्त बनकर मिल रहे दुश्मन यहाँ
ध्यान रखना पीठ पीछे वार का

जो हमें आलस में डाले हर घड़ी
क्या करें ऐसे किसी इतवार का

बात हम कर्तव्य की पहले करें
बाद में नंबर रहे अधिकार का

जिसके दिल में पड़ गए पत्थर भला
अर्थ क्या समझेगा वह श्रृंगार का

जो मिला जितना मिला उतना बहुत
शुक्रिया पंकज करे संसार का

■

32.

पेट को गर ना मिले जब एक दाना क्या करें
लूटते हैं लोग तब खाना-ख़ज़ाना क्या करें

है बड़ी ही त्रासदी इस दौर की यह देखिये
मन भले न हो करो हँसना-हँसाना क्या करें

पास में धेला नहीं था और ना उपहार कुछ
जा नहीं पाए बनाया इक बहाना क्या करें

हम भी पा जाते बहुत कुछ है मगर अपनी कमी
आ नहीं पाया कभी गोटी बिठाना क्या करें

लूटमारों के शहर में रह रहे हैं इसलिए
लुट ही जाना है यहाँ पर आशियाना क्या करें

फेसबुक में मित्र बन कर वार जब करने लगा
पड़ गया न चाह कर उसको हटाना क्या करें

एक दिन हम साथ उनके मुस्करा कर क्या मिले
मिल गया मुद्दा गढ़ा सबने फ़साना क्या करें

चल रहे हैं हम पुरानी चाल से पंकज यहाँ
और दौड़े जा रहा है यह ज़माना क्या करें ■

33.

होठों पे मुस्कान हाथ में ख़ंजर है
कैसा है यह दौर भयानक मंज़र है

कैसे होगी फ़सल सोचिये अब ख़ुद ही
धरती को हमने कर डाला बंजर है

यह जीवन की नाँव डराती है हमको
कैसे होंगे पार बहुत ही ज़र्ज़र है

छोटी–सी थी बात जान ले ली उसकी
आज आदमी दिखता कितना बर्बर है

सच कहने से बचता है वह मज़बूरी
जान न ले लें गुंडे–नेता यह डर है

कैसे हमको यह मंज़िल तक लाएगा
ख़ुद ही भटका पंकज अपना रहबर है

■

34.

पहले रोजी-रोटी खोजें फिर कर लेंगे प्यार यहाँ
अभी तो जैसे दुश्मन हमको लगता है संसार यहाँ

कैसा है वह प्यार कि पहले हार उसे दो हीरों का
तब मिल पायेगा प्रीतम को उन बाहों का हार यहाँ

छीन रहा हर कोई जैसे इक-दूजे के हिस्से को
कैसे होगा तुम्ही बोलो आखिर में व्यापार यहाँ

प्यार-मोहब्बत की सब बातें भूल गए हैं बस्ती में
बात-बात में निकल रही है रोज अरे तलवार यहाँ

साधू के चोले में अक्सर मिलते हैं अपराधी भी
समझ नहीं आता किसका है अब सच्चा किरदार यहाँ

लोकतंत्र जैसे सपना है बाते हवा-हवाई हैं
जनता के सेवक रचते है रोज़ाना दरबार यहाँ

मिलने आये थे लेकिन वे हमको लगे पराये-से
बार-बार अब पछताते हैं क्यों आ गए बेकार यहाँ

मत पूछो तुम पानी लेकिन मिलो प्यार से पंकज जी
आयेंगे हम दर पर तेरे एक नहीं सौ बार यहाँ ■

35.

यह किस्सा है महानगर का
घर शीशे का दिल पत्थर का

मर जाएँगे इक दिन हम भी
काम अरे फिर काहे डर का

जहाँ प्यार ही गायब देखा
रिश्ता है वो कहने भर का

रहते हैं पर साथ नहीं सब
लगता है किस्सा घर-घर का

उड़ने दो तुम मत घबराओ
उसको अंदाज़ा है पर का

होगा वह भी कामयाब बस
इंतज़ार है इक अवसर का

ख़ुद ही लड़ना पड़ता है अब
काम यहाँ क्या पैगम्बर का

जो झुकता है दरबारों में
क्या मतलब है ऐसे सर का

दोनों फिसल रहे हैं पंकज
हाल कहें क्या नारी-नर का ■

36.

वक़्त पड़े तो मज़बूरी में भ्रम की परत हटाते हैं
चुप्पी अपनी छोड़-छाड़ कर हम क्या यह बतलाते हैं

कहते हैं 'मॉडर्न' उन्हें सब उनका तो है यह फंडा
थोड़ा भी संकोच नहीं वे कपड़े तुरत उठाते हैं

नैतिकता की बातें करना अब तो पिछड़ापन साहब
नये दौर में सब है जायज़ हमको वे समझाते हैं

काहे के अब रिश्ते-नाते ख़ुदगर्ज़ी के मारे सब
लेन-देन के बिना यहाँ अब मुँह सारे बिचकाते हैं

उनसे बच कर रहना बेहतर जो चुगली के हैं रोगी
बिन माचिस के ऐसे बंदे अकसर आग लगाते हैं

बड़े घरों की अजब कहानी सुन कर आता है रोना
अपनी काली करतूतों पे सब-के-सब इतराते हैं

उनको इसमें सुख मिलता है सबको टंगड़ी दे मारो
अपनी आदत है गिरते को पंकज यहाँ उठाते हैं

■

37.

रहने भी दो यार मोहब्बत
धोखा-छल है प्यार मोहब्बत

कुछ लोगों के लिए हो गया
चोखा कारोबार मोहब्बत

जाने कितनी जेबों में है
एक नहीं दो-चार मोहब्बत

प्यार बड़ा ही सस्ता अब तो
ले लो नकद-उधार मोहब्बत

पहले थी यह पाक बहुत ही
अब तो कुछ बीमार मोहब्बत

इसे फँसाओ उसे लपेटो
अब तो इक हथियार मोहब्बत

दिल से नहीं दिमाग़ लगा कर
कुछ करते हर बार मोहब्बत

पहले ईश्वर की पूजा थी
अब शैतानी वार मोहब्बत

जिसमें दग़ा-फ़रेब, ठगी है
वो तो है बेकार मोहब्बत ■

38.

अंधेरा बढ़ गया लेकिन अती का अंत आता है
अगर है हौसला–सूरज वही इसको मिटाता है

बनें हम इक किरण तो यह अंधेरा मिट ही जाएगा
उजाला गीत है उसको सही इनसान गाता है

लिए संकल्प की गठरी चलें हम राह पे अपनी
सुना है के प्रभू भी हम सभी को आजमाता है

जो डरता है गिरूँगा मैं उसे मंज़िल नहीं मिलती
वो कायर है बहुत जो पैर को पीछे हटाता है

यह मिट्टी का बदन है ख़ाक में मिल जाएगा इक दिन
मगर हर नेक इंसाँ तो युगों तक झिलमिलाता है

यह जीवन युद्ध जैसा है करो लड़ने की तैयारी
चलो देखें यहाँ अब कौन यह बीड़ा उठाता है

बुरे हालात हों लेकिन उसे हम सब बदल देंगे
हमारा कर्म ही पंकज हमारा इक विधाता है

■

39.

तलवारें हैं कागज की पर ज़ुल्म मिटाने निकले हैं
अपनी बस्ती में देखो ये कुछ दीवाने निकले हैं

अत्याचारों की यह लंका आखिर कब तक चमकेगी
पवनपुत्र–सी हिम्मत लेकर आग लगाने निकले हैं

क़ैद नहीं होगा अब सूरज अंधियारों की बस्ती में
जब सूरज के बेटे उसको मुक्त कराने निकले हैं

मर जाएँगे लेकिन हर पल सच का साथ निभाएँगे
यानी के हम भी पागल हैं जान गँवाने निकले हैं

अपने हैं अपनों की ख़ातिर त्याग ज़रा करना सीखो
नादाँ–अंधे ख़ुदगर्ज़ों को यह समझाने निकले हैं

सुख में डूबा जिनका जीवन वे पीड़ा की बात करें
हम ऐसे नकली कवियों का पता लगाने निकले हैं

दुनिया छद्मों में जीती है इसीलिये इस बस्ती में
दुःख का पर्वत लेकर के जबरन मुस्काने निकले हैं

वक़्त भला था जब तक सारे आगे–पीछे होते थे
बुरा समय आया तो अपने तक बेगाने निकले हैं

सबके हिस्से में उजियारा आये इस ख़ातिर पंकज
शब्दों के दीये हम लेकर मंज़िल पाने निकले हैं ■

40.

कैसे–कैसे सड़े बढ़ गए
शेर घटे हैं, गधे बढ़ गए

टुच्चे तो टुच्चे ही निकले
दौलत में वे भले बढ़ गए

जब से हम मॉडर्न हुए हैं
बस्ती में मनचले बढ़ गए

जीत गए हैं फिर चुनाव वे
बंदे के तो मज़े बढ़ गए

हम खुश हैं वे दुखी हो गए
उफ़ कितने दिलजले बढ़ गए

■

41.

कलफ़ वाले हैं कपड़े ठाठ देखो राजशाही है
ये कैसे हैं सियासी दरअसल हुलिया गवाही है

दिखावा, छल या धोखा नाम कुछ भी दे रहे हैं हम
सियासत इनकी ख़ातिर कुछ नहीं बस बालुशाही है

यहाँ आये हैं नेता लूटने का लक्ष्य ले कर ही
सियासत है पियाला कुरसी मदिरा की सुराही है

ये सत्ता एक चकलाघर इधर अय्याश हैं ज़्यादा
यहाँ लुटती रही है आबरू सब को पता ही है

यहाँ कुरसी को केवल राग–दरबारी सुहाएगा
कहाँ जनतंत्र है झूठी यहाँ तो वाहवाही है

■

42.

जो सोना है खरा रहेगा
बस नकली ही डरा रहेगा

उसकी भाषा कुंठित होगी
जो भीतर से मरा रहेगा

लाख माँग लोगे तुम माफ़ी
दिया ज़ख़्म तो हरा रहेगा

वो दिमाग से काम न लेता
जो गुस्से में भरा रहेगा

मैं दुनिया से लड़ ही लूँगा
साथ तुम्हारा ज़रा रहेगा

सज्जन पिट जाएँगे अब तो
सफल यहाँ मसखरा रहेगा

उसे तोड़ने में सुख मिलता
मन जिसका मंथरा रहेगा

क्यों इतनी है जोड़-तोड़ सब
ख़ाक मिलेगा, धरा रहेगा

पंकज दुःख आए आने दो
तू सिरजन से भरा रहेगा ■

43.

कुरसी पर जब खड़े हुए हैं
बौने भी तब बड़े हुए हैं

चमकीले फल जैसा दिखते
वे भीतर से सड़े हुए हैं

कोस रहे हैं दुनिया भर को
चार किताबें पढ़े हुए हैं

मूरख की पहचान बताएँ
भले गलत हों अड़े हुए हैं

खुद से ही जो कुढ़े हुए थे
जहाँ पड़े थे पड़े हुए हैं

काम किसी के आ ना पाए
बस फोटो-सा मढ़े हुए हैं

समझ न पाए अच्छी बातें
मतलब चिकने घड़े हुए हैं

दुनिया से क्या होगी यारी
अपनों से जो लड़े हुए हैं

केवल सच्चे नेक राह पर
मरते दम तक अड़े हुए हैं ■

44.

सुख पाने को निकला है वो
सचमुच कितना पगला है वो

दुःख ने उसको तोड़ दिया है
रोता है या हँसता है वो

इक दिन बदलेगी ये दुनिया
दुःख पा कर भी कहता है वो

प्यार कहाँ मिलता है अब तो
जाने कब से प्यासा है वो

निभ जाए जीवन में सबसे
इसीलिए बस झुकता है वो

बार-बार वो नष्ट हुआ है
फिर भी राख से उठता है वो

कविता उसको गले लगा ले
कभी दुःखी जब मिलता है वो

दुःख देने वाले हैं थोड़े
सुख बहुतों से पाता है वो

रोक रहे सब राहें उसकी
फिर भी पंकज चलता है वो ■

45.

बातें बड़ी-बड़ी करता है अच्छा है
लेकिन क्या उसका जीवन भी वैसा है

कथनी-करनी में रखता है जो अंतर
इसका मतलब यही हुआ के नेता है

केवल शब्दों को चरने से क्या होगा
अच्छा है इंसान जो उसको जीता है

ढोंगी, पाखंडी, फ़रेब के सौदागर
किसको बोलें, किससे बोलें चलता है

नकली फूल यहाँ होते हैं सम्मानित
असली बेचारा कोने में सड़ता है

भेष बदल कर आ जाने से क्या होगा
पकड़ाता वह हुआ-हुआ जब करता है

पंकज अपनी राह चलो दुःख क्या करना
मंज़िल पाने में तो टाइम लगता है

■

46.

हमने माना यार ज़माना ठीक नहीं
फिर भी यह सब झूठ-बहाना ठीक नहीं

कुछ उसूल होते हैं यारो महफ़िल के
बिन बोले यूँ छोड़ के जाना ठीक नहीं

सुनकर मन-ही-मन खुश होते लोग यहाँ
दर्द किसी को भी बतलाना ठीक नहीं

जितना भी कुछ पाया उसमें मगन रहो
रोज़-रोज़ का रोना-गाना ठीक नहीं

अपने तो हैं लेकिन काम नहीं आते
खाली-पीली नाम गिनाना ठीक नहीं

कहते हो तो करके भी दिखलाओ ना
बस यूँ ही उपदेश पिलाना ठीक नहीं

हम बंजारे ठहरे यायावर हैं हम
अपना कोई एक ठिकाना ठीक नहीं

अगर गिरा है कोई उसे उठा लेना
उस पर हँसना या मुस्काना ठीक नहीं

सबसे मिलना प्यार-मोहब्बत से पंकज
क्या अपना औ क्या बेगाना ठीक नहीं ■

47.

इस महँगी दुनिया में केवल एक आदमी सस्ता है
अभी और गिरना बाकी है नया ज़माना कहता है

जब-जब बोली यहाँ सियासत हम लाएँगे खुशहाली
उनकी बातें सुन-सुनकर अब आम आदमी हँसता है

जो भी जितना झूठा है वह उतना प्रवचनकार यहाँ
खा-पीकर जो अघा गया उपवास आजकल रखता है

दिखती है अब यहाँ गिरावट घूम रही नंगी पीढ़ी
लेकिन अंधे लोग कह रहे चलने दो सब चलता है

जाने कितना ज्ञानी कर देंगे हम नन्हें बच्चे को
पीठ पे उसकी पाँच किलो का लदा हुआ इक बस्ता है

सच्चे-अच्छे लोग यहाँ अब तो मज़ाक के हैं सामां
हर झूठा-बेईमान आदमी उन पर ताने कसता है

लाख करो पूजा तुम लेकिन कभी नहीं मिल पाएगा
जिसका मन होता है चंगा प्रभु उसी में बसता है

■

48.

वादे पे ऐतबार था कुछ ला रहे होंगे
अब हमको क्या पता था स्वयं खा रहे होंगे

दे कर समाजवाद का नारा पटक दिया
सब उनको याद करके ही पछता रहे होंगे

बातों की खा रहे हैं यहाँ चंद सियासी
ठगने के बाद हमको वे मुस्का रहे होंगे

उनको पड़ी लाठी यही अन्याय देखिए
वे न्याय के लिए ही कहीं जा रहे होंगे

वादे पे उनके हमने भरोसा किया बहुत
वर्षों से इंतज़ार है वे आ रहे होंगे

■

49.

पहले गोरों ने लूटा था अब कालों की बारी है
दोष नहीं इन बेचारों का यह कुर्सी ही न्यारी है

पहले जनसेवा की ख़ातिर लोग सियासत करते थे
अब तो जो बंदा आता वो बन जाता व्यापारी है

देशप्रेम है शब्द छलावा कितने ही गद्दार मिले
उनका अभिनंदन है जिनको अपनी मिट्टी प्यारी है

भूखे, वंचित-शोषित लोगों का शायद यह देश नहीं
लूट रही है इन सबको इक पीढ़ी वो हत्यारी है

जनता को ठगने वाले अक्सर दिखते हैं मुस्काते
बेशर्मी की हद है यारो इनकी तो बलिहारी है

एक बार जिसको चुन लो वो पाँच साल का है राजा
वापस बुला नहीं सकते यह जनता की लाचारी है

ज़ुल्म-सितम हैं पहले जैसे हमने यह देखा पंकज
इसीलिए कहना पड़ता है, अभी लड़ाई जारी है

■

50.

इंसानों के भेष में अब हैवान यहाँ मिल जाएँगे
एक नहीं ढेरों हमको शैतान यहाँ मिल जाएँगे

नामर्दों की भीड़ बढ़ गयी माना मेरी बस्ती में
फिर भी कुछ तो है जो सीना तान यहाँ मिल जाएँगे

सारी दुनिया बुरी नहीं कुछ लोग बहुत ही अच्छे हैं
खोजेंगे तो ऐसे चंद महान यहाँ मिल जाएँगे

भूखे को इस दौर में रोटी-वोटी मिलना मुश्किल है
ज्ञान बाँटनेवाले पर इनसान यहाँ मिल जाएँगे

जिस समाज से पाई दौलत उस पर खर्च नहीं करते
पापी, निर्मम ऐसे भी धनवान यहाँ मिल जाएँगे

आकर मैं तो ठगा गया कुछ लोग यही तो कहते थे
जाओ मंदिर सिद्ध बड़ा, भगवान यहाँ मिल जाएँगे

खा-पीकर के अघा गए औ सुखमय जीवन है पंकज
लेकिन दूजे के सुख से परेशान यहाँ मिल जाएँगे

■

51.

वादों की नित फ़सल उगाना आता है
दिल्ली को बस रोना-गाना आता है

घंटों मजदूरी करते हैं लोग यहाँ
तब जाकर मुट्ठी भर दाना आता है

आम आदमी अपनी हद में रहना तुम
उनको तो बंदूक उठाना आता है

पहले वो गोली मारेंगे जनता को
फिर लेकर कोई हरजाना आता है

ऐसा ख़तरनाक सिस्टम अब कर डाला
जनता को केवल मर जाना आता है

नेताजी ने एक खेल बस सीख लिया
उन्हें गिराना और उठाना आता है

लोकतंत्र या फेक-तंत्र है इसीलिए
अँगरेज़ों-सा देश चलाना आता है

सच बोलेंगे चाहे जान चली जाए
हमको हँसकर जान गँवाना आता है

आग बुझाना अक्सर इनका काम नहीं
कुछ को केवल आग लगाना आता है ■

52.

जिनके भीतर अंगारे हैं
वही लोग हमको प्यारे हैं

उनका जीवन भी क्या है जो
टूटे अस्त हुए तारे हैं

सुविधाओं की बाट जोहते
लोग बड़े ही बेचारे हैं

कैसा है यह दौर के अक्सर
मंचों पर अब हत्यारे हैं

शातिर, ठग, झूठे हैं जितने
उनके ही वारे-न्यारे हैं

हमको अपना काम सुहाता
हम शब्दों के हरकारे हैं

वे बदलेंगे इस दुनिया को
पंकज जो सबसे न्यारे हैं

■

53.

बहुत हो गया तोड़ो चुप्पी
ज़िंदा हो तो छोड़ो चुप्पी

अगर नहीं हो कायर तो फिर
बेमतलब क्यों ओढ़ो चुप्पी

वक़्त बग़ावत का आया है
अरे, अभी मत जोड़ो चुप्पी

देखो निकलेगा अंगारा
हिम्मत करो निचोड़ो चुप्पी

कूच करो अब रुक मत जाना
घड़ा पाप का फोड़ो चुप्पी

देखो दुश्मन बढ़ आया है
आओ निबटो दौड़ो चुप्पी

मंज़िल मिल पाएगी कैसे
अपना रस्ता मोड़ो चुप्पी

इक दिन यह विस्फोट करेगी
टूटे अगर करोड़ो चुप्पी

पंकज मत घबरा मरने से
खुद को तनिक झिंझोड़ो चुप्पी ■

54.

कभी आयी नहीं हमको किसी दरबार की भाषा
समझनी चाहिए लोगो तुम्हें ख़ुद्दार की भाषा

मुझे नफ़रतभरी बातें हमेशा तीर–सी चुभतीं
हमें तो चाहिये सच्चे ह्रदय के प्यार की भाषा

भले है वो बड़ी नकली मगर कितना लुभाती है
ज़रा हम गौर से देखें इधर बाज़ार की भाषा

समर्पण, त्याग हो जिस घर में वो तो स्वर्ग कहलाए
बहुत कुछ बोल देती है भले परिवार की भाषा

तने कब तक रहेंगे एक दिन हम टूट जाएँगे
चलेंगे दूर तक जो बोलते आभार की भाषा

यह दुनिया खूबसूरत है बनेगी और भी बेहतर
अगर बस प्यार हो जाए मेरे संसार की भाषा

है जिसमें इक भुलावा और चालाकी नज़र आए
भला अच्छी लगे कैसे हमें सरकार की भाषा

■

55.

कुछ शातिर हाथों में गंगाजल मिलता है
आज सियासत में हमको बस छल मिलता है

झूठे जीत रहे हैं अब खुदगर्ज़ बढ़ गए
नेक रहें तो सच्चाई को बल मिलता है

मुद्दे–ही–मुद्दे हैं चारों ओर यहाँ अब
वादों की भरमार कहां अब हल मिलता है

भूखे को रोटी मिल जाए आज अभी पर
बेचारे के हिस्से में बस कल मिलता है

भागदौड़ के इस जीवन की यह सच्चाई
कहां सुकूं का अब किस को दो पल मिलता है

सावधान! रहना इस छोटे–से जीवन में
जो जैसा करता है वैसा फल मिलता है

चिकने–चुपड़े चेहरे पर मत जाओ पंकज
जिसको नायक समझे थे वो खल मिलता है

■

56.

कुछ मिलते हैं तो लगता है अब ये गले पड़े
कुछ मिलते हैं तो लगता है हम भी हुए बड़े

कुछ मिलते हैं तो लगता कुछ जल भर जाएगा
कुछ बन्दे होते हैं जैसे चिकने एक घड़े

कुछ अपनी गलती को मानें क्योंकि हैं इंसान
कुछ गलती करते हैं लेकिन उस पर रहे अड़े

ऊपर से सुंदर दिखते कुछ भीतर कलुष भरा
जैसे सुंदर–सी डलिया में फल हों मगर सड़े

कड़वी बातें कहने वाले हमको आज मिले
यानी पंकज दोबारा संकट में आन खड़े

■

57.

कभी भी बंदरों के हाथ में पत्थर नहीं देते
बहुत जो मूर्ख होते हैं उन्हें उत्तर नहीं देते

हमेशा मौन रहना ही यहाँ अच्छी दवाई है
जो ज्ञानी हैं यहाँ उत्तर कभी कह कर नहीं देते

यहाँ जैसा जो करता है वो भरता है वैसा ही
यह ऐसी बात है जिसको कभी लिख कर नहीं देते

यही इतिहास कहता है ज़रा तुम होश में रहना
बहुत अय्याश लोगों को कभी लश्कर नहीं देते

बड़े मासूम लगते हैं अगर बच पाओ बच लेना
ये हत्यारे कभी बचने का भी अवसर नहीं देते

यहाँ तो अब अदब में घुस गए हैं लोग सामंती
करो इनको नमस्ते ठीक से उत्तर नहीं देते

कोई तो खोट होगी परवरिश में क्या पता पंकज
जिन्हें पाला वही परिणाम यूँ बदतर नहीं देते

■

58.

रोज़ मुफ़्त का माल उड़ाते, है उनकी सरकार
नैतिकता का डोज़ पिलाते, है उनकी सरकार

इक दिन वह ख़ुद निपटेंगे यह पता नहीं उनको
अभी तो लोगों को निपटाते, है उनकी सरकार

गुंडागर्दी, लाठी-गोली, भ्रष्टाचार बहुत
इन सब से वह नज़र चुराते, है उनकी सरकार

सच कहना अब कठिन हो गया अपनी बस्ती में
लोग यहाँ कितना घबराते, है उनकी सरकार

आसमान से तोड़ के तारे कब लाएँगे वे
अभी तो हम सब कष्ट उठाते, है उनकी सरकार

कुर्सी मिल जाए तो शायद सनके यहाँ दिमाग़
नित्य नये फ़रमान सुनाते, है उनकी सरकार

लोकतंत्र में लोक बेचारा लेता है सिसकी
लेकिन वह केवल मुस्काते, है उनकी सरकार

■

59.

ऊपर से है लाल मगर अंदर से नीला-नीला है
बच के रहना बाबाजी से बंदा बड़ा रंगीला है

बाबाजी का सिद्ध आश्रम बड़ा निराला है भाई
अय्याशी के लिए गुफा है प्रवचन खातिर टीला है

नैतिकता का पाठ पढ़ाने वाले बाबा रे बाबा!
जिसका भी तुम पता करोगे वही करैक्टर ढीला है

बाबा की चालाक चेलियाँ दिव्य बताती हैं उसको
और अकेले में कहती हैं बलमा छैल छबीला है

सुंदर-निर्धन कन्याओं को फँसा रखा है धोखे से
रास रचाते बाबा-चेले कहें प्रभू की लीला है

बाहर से मंदिर-सा दिखता भीतर भोग-विलास बड़ा
यहाँ-वहाँ सब ओर देखिए केवल काला-पीला है

बच के रहना मत टकराना वरना ये निपटा देंगे
दाढ़ीवाले कुछ संतों का बेहद क्रूर-कबीला है

खा-पीकर के माल मुफ़्त का लाल हुए हैं बाबाजी
भरे हुए हैं गाल, कंठ भी उनका बड़ा सुरीला है

■

60.

बस यही बस्ती में कारोबार वाले हैं
झूठ जो बेचे बड़े अख़बार वाले हैं

बच के चलते लोग उनसे हैं बड़े सीधे
क्या करें हम भाईजी सरकार वाले हैं

हैं बड़े अफ़सर बड़े ही ठाठ हैं उनके
घर के सारे आइटम उपहार वाले हैं

नित्य पूजा फिर मिलावट–धर्म का पालन
क्योंकि हैं मजबूर वे व्यापार वाले हैं

तोड़ कर के लैन सब आगे चले आए
रह गए पीछे जो शिष्टाचार वाले हैं

आजकल बाज़ार में नफ़रत बिकेहै ख़ूब
रह गए निर्धन वही जो प्यार वाले हैं

वायदे ऐसे करो जो हो सकें पूरे
आपके जुमले तो बस बेकार वाले हैं

■

61.

कैसे हम उम्मीद करेंगे बिके हुए फ़नकारों से
युद्ध हमेशा जो करते हैं जंग लगी तलवारों से

तोड़ के हम दीवार घुसेंगे हर ज़ुल्मी से निबटेंगे
क्या मतलब हम सर को पीटें बस खाली दीवारों से

ये कैसे ताकतवर हैं जो निपट न पाए गुंडों से
दो-दो हाथ किए रहते हैं बेबस औ लाचारों से

काम करो कुछ कर दिखलाओ धोखा देना छोड़ो भी
लोग यहाँ सब तंग आ गए हैं अब फ़रज़ी नारों से

मिली आपकी मुझे बधाई एक नहीं सौ बार कहूँ
पंकज-जीवन धन्य हो गया इन सुंदर उपहारों से

■

62.

जिनके लिए लड़े हम कल तक आख़िर वही नपुंसक निकले
हम सत्ता को गरियाते थे वे सब बड़े प्रशंसक निकले

धर्म–कर्म में डूबे सारे दया–प्रेम की बात करें
मगर अनोखी बात यही थी वे अपराधी–हिंसक निकले

समझ रहे थे सच्चाई को लोग ठीक से बोलेंगे
जिन पर किया भरोसा हमने वे ही बड़े विदूषक निकले

जिन्हें सृजन का पाठ पढ़ाया जाने क्यों सब भूल गए
वक़्त पड़ा तो सारे बंदे आख़िर में विध्वंसक निकले

रात को मंदिर के भीतर से कोई कोमल चीख उठी
दिन में कुछ चेहरों को देखा प्रभु के बड़े उपासक निकले

■

63.

तन सुंदर है लेकिन मन बीमार लिये
खड़े हुए हैं हमलावर हथियार लिये

उनकी अकड़ दिनोंदिन बढ़ती जाती है
जो चलते हैं खीसे में सरकार लिये

जो जितना पाखंडी है उतना ही वंदित
नया दौर है अजब-गज़ब किरदार लिये

उनका पॉवर बढ़ता है उस दम यारो
निकले जब भी चमचे वे दो-चार लिये

आज मुल्क़ में सब अच्छा है यह पढ़ कर
खोज़ रहे हैं वो सब हम अख़बार लिये

देश-प्रेम, नैतिकता औ भाईचारा
चलो सुधारें सबको ये औज़ार लिये

नफ़रत का विष फैलाना हम बंद करें
बढ़ो-बढ़ो पंकज बाहों का हार लिये

■

64.

हादसे-दर-हादसे होने लगे
हम शहर में आ के अब रोने लगे

ये शहर क्या भीड़ के जंगल हुए
लोग बच्चों की तरह खोने लगे

धर्म या मजहब दिखाए रास्ता
लोग इस में भी जहर बोने लगे

जब भी आए सिर्फ खुदगर्ज़ी लिए
बोझ किन रिश्तों का हम ढोने लगे

कैसे हम बदलाव लाएंगे यहां
जागना था जिस घड़ी, सोने लगे

पापियों को मुक्ति की चिंता लगी
जा के गंगा, पाप सब धोने लगे

शातिरों को मंच अब मिलने लगा
और सज्जन लोग सब कोने लगे

■

65.

राख हो गए, धूल हो गए
सपने सभी फ़िज़ूल हो गए

जिनको समझा फूल मनोहर
कांटें और बबूल हो गए

केवल अत्याचार-छलावा
कुरसी तेरे उसूल हो गए

दिखे दूर से बेहद सुंदर
सब कागज़ के फूल हो गए

ये गरीब के वे अमीर के
अलग-अलग स्कूल हो गए

है पानी तो डुबकी मारें
रिश्ते 'स्वीमिंग पूल' हो गए

लोकतंत्र है कैसा अपना
हम इसके बस 'टूल' हो गए

■

66.

कभी सोचे थे होगा फ़ायदा घाटा दिखाई दे
जिसे समझे थे हम सच्चा वही झूठा दिखाई दे

वो कहते थे के पूरा जाम खुशियों से भरेंगे हम
मगर यह आज तक आधा से भी आधा दिखाई दे

बड़ी हसरत से प्यादे को बना बैठे वज़ीरा हम
मगर हद है वो हरकत से हमें प्यादा दिखाई दे

बड़े विश्वास से इक फूल को हमने उठाया था
मगर उसमें हमें अब हर तरफ काँटा दिखाई दे

भला कैसे बने रोटी यहाँ सब हो रहा उल्टा
गरीबी में हुआ गीला मेरा आटा दिखाई दे

■

67

दर्द भले कितना गहरा है मौन रहो
गर जुबान पर ही पहरा है मौन रहो

किसको यहां पुकार रहे हो तुम साथी
हाकिम जब अपना बहरा है मौन रहो

मत उम्मीद करो इन्साफ मिलेगा अब
दूर कहीं शायद ठहरा है मौन रहो

सोचा था ये ज़मीं बनेगी बागीचा
अभी मरुस्थल ही पसरा है मौन रहो

भीतर जाकर देख सियासत सड़ी हुई
बाहर से बस हरा-हरा है मौन रहो

जो भी बोला उसका गला दबा है अब
केवल सन्नाटा पसरा है मौन रहो

पंकज मत ज़्यादा चिल्लाओ खतरा है
अभी-अभी फिर एक मरा है मौन रहो

■

68.

बात करें वह आज़ादी की पर गड़बड़-घोटाला है
चाभी उनकी मुट्ठी में अपने होठों पर ताला है

उनका बस चलता तो हमको भूखा-नंगा कर देते
हमने जैसे-तैसे ख़ुद को हरदम यहाँ सँभाला है

जब तक उनके गुण गाओ तो कहते हैं उसको अच्छा
अगर उसी ने निंदा कर दी तो घटिया है...साला है

चेहरा गोरा कपड़े उजले सब कुछ है उजला-उजला
लेकिन उनका बेचारा-दिल बदकिस्मत से काला है

कोई भूखा नहीं रहेगा उनका तो यह नारा था
पास हमारे थाली तो है लेकिन दूर निवाला है

■

69.

जो हैं तैराक वे अपना किनारा खोज़ लेते हैं
जिन्हें बचना है जीवन में सहारा खोज़ लेते हैं

जिन्हें पैसों की ऐंठन है अकेले ज़िंदगी जीते
मगर इनसान हो तो भाईचारा खोज़ लेते हैं

वो जिनको लग गया अबके 'इलेक्शन' हार जाएँगे
वही बंदे दोबारा एक नारा खोज़ लेते हैं

अमीरेशहर हो या के गरीबेशहर हो कोई
सभी जीने की ख़ातिर इक नज़ारा खोज़ लेते हैं

भटक कर राह रोते हैं यहाँ नादान ही केवल
है जिनमें हौसला वे फिर दोबारा खोज़ लेते हैं

■

70.

रोज़ मुफ़्त का माल उड़ाते, है उनकी सरकार
दुनिया भर को वे चमकाते, है उनकी सरकार

इक दिन वे ख़ुद निपटेंगे यह पता नहीं उनको
अभी तो लोगों को निपटाते, है उनकी सरकार

गुंडागर्दी, लाठी-गोली, भ्रष्टाचार बहुत
इन सब से वे नज़र चुराते, है उनकी सरकार

सच कहना अब कठिन हो गया अपनी बस्ती में
लोग यहाँ कितना घबराते, है उनकी सरकार

आसमान से तोड़ के तारे कब लाएँगे वो
अभी तो हम सब कष्ट उठाते, है उनकी सरकार

कुर्सी मिल जाए तो शायद सनके यहाँ दिमाग़
रोज़ नए फ़रमान सुनाते, है उनकी सरकार

लोकतंत्र में लोक बेचारा लेता है सिसकी
लेकिन वे केवल मुस्काते, है उनकी सरकार

■

71.

सियासी हैं बेचारे झूठ के बिन काम कैसे हो
अगर बैठे नहीं पीने तो उनकी शाम कैसे हो

बहुत–से कांड है लेकिन कभी भी खुल नहीं पाते
यही चिंता हमारी है कि सब कुछ आम कैसे हो

छिपाकर दाग ख़ुद का दूसरों की पोल देखेंगे
वे कोशिश में ही रहते हैं कोई बदनाम कैसे हो

यहाँ कुछ लोग ऐसे ज़िंदगी में कुछ नहीं करते
जुगाड़ों में ही रहते हैं के उनका नाम कैसे हो

बहुत तुम भागदौड़ी में लगे रहते हो पंकज जी
कभी तुम यह भी सोचो के तनिक आराम कैसे हो

■

72.

बाहर से पूजा वाले हैं
भीतर में नफ़रत पाले हैं

गोरे तन वालों को देखा
ज़्यादातर के दिल काले हैं

सफल हुआ तकलीफ़ें सह कर
अब तक दिल में कुछ छाले हैं

अच्छे-अच्छे महल उजड़ गए
वहाँ तो अब केवल जाले हैं

गाँव जा रहे हो मत ठगना
लोग उधर भोले-भाले हैं

■

73.

उमर घटी या बढ़ी न पूछो
कैसी अपनी कटी न पूछो

जो सोचा वो कर ना पाया
क्या दिक्कत थी यही न पूछो

बिगड़ी सदा बनाना चाहा
लेकिन कितनी बनी न पूछो

सोचा था बदलेंगे दुनिया
अपनी कितनी चली न पूछो

चाही दुनिया बदलें थोड़ा
कितने थे हम हठी न पूछो

अच्छे दिन आएंगे सुनकर
कितनी आई हँसी न पूछो

बाधा तो बाधा है पंकज
छोटी या के बड़ी न पूछो

■

74.

खोज़ रहे हैं संत सीकरी देखो तो
कैसी है यह आज मसखरी देखो तो

सूखे मेवे-फल आदि ही खाते हैं
बाबाजी की मस्त 'लग्ज़री' देखो तो

केवल मंत्री नेता-अफ़सर ही दिखते
गुंडागर्दी संत-सहचरी देखो तो

नये ज़माने के संतों के क्या कहने
भक्तों के संग करे तस्करी देखो तो

अब तो भगवा या सफेद के भीतर ही
शिष्याएँ पल रहीं मदभरी देखो तो

संत हुए नेता-व्यापारी के दल्ले
जनता भूखी और अधमरी देखो तो

बाबाजी की कुटिया है 'एसी' वाली
भक्त पसीनेतर दोपहरी देखो तो

■

75.

ज़िंदादिल लोगों की अकसर ही बात निराली होती है
लेकिन मन से मरे हुए की नीयत काली होती है

सच को सच ना कह पाने के पीछे है केवल इतना
उनके सम्मुख ख़ुदगर्ज़ी की सुंदर थाली होती है

शोषक जो उपदेश सुनाते रहते हैं इस दुनिया में
उनके पेट भरे रहते होठों पर लाली होती है

इतनी दौलत जोड़ रखी है कुछ तो दुनिया को दे दो
कुछ सेठों के भीतर उफ़ कितनी कंगाली होती है

बात अगर हो अच्छी तो फिर बिनबोले ही महफ़िल में
केवल वाह–वाह निकलेगी केवल ताली होती है

जो बोला वो अगर ना किया तो नेता है अपराधी
ऐसों की खातिर जनता के मुँह में गाली होती है

जब ग़रीब के घर भी दीपक जलता है पंकज जी
तब समझो इस दुनिया में सच्ची दीवाली होती है

■

76.

बौने को ख़ुद पर गुमान है
कौन भला मेरे समान है

पौधा बोला मैं हूँ बरगद
मेरे नीचे आसमान है

तोता टेटे करके बोले
मुझमें अर्जित बड़ा ज्ञान है

डूबा है कर्जे में पट्ठा
लेकिन उसकी बड़ी शान है

शो-पीस लगता है प्यारा
ऐसा अपना संविधान है

अरे सियासी मत इतरा तू
मेरे हाथ में तेरी जान है

मिलजुलकर सब रहते जिसमें
मुल्क मेरा हिंदुस्तान है

■

77.

एक नहीं, कई चेले हैं
लेखक जी अलबेले हैं

बातें करते साथ चलो
रहते मगर अकेले हैं

कहते तुम संघर्ष करो
खुद सुविधाएँ पेले हैं

उनमें अधिक गुरूर दिखे
बंदे जौन सड़ेले हैं

फल पाया लेकिन पहले
कितने पापड़ बेले हैं

अब जा कर अवसर आया
कितना हम दुख झेले हैं

बिन जुगाड़ सम्मान मिले
पंकज आप अकेले हैं

■

78.

दर्द भले कितना गहरा है मौन रहो
गर ज़ुबान पर ही पहरा है मौन रहो

किसको यहाँ पुकार रहे हो तुम साथी
हाकिम जब अपना बहरा है मौन रहो

मत उम्मीद करो इंसाफ़ मिलेगा अब
दूर कहीं शायद ठहरा है मौन रहो

सोचा था यह ज़मीं बनेगी बागीचा
अभी मरुस्थल ही पसरा है मौन रहो

भीतर जाकर देख सियासत सड़ी हुई
बाहर से बस हरा-हरा है मौन रहो

जो भी बोला उसका गला दबा है अब
केवल सन्नाटा पसरा है मौन रहो

पंकज मत ज़्यादा चिल्लाओ खतरा है
अभी-अभी फिर एक मरा है मौन रहो

■

79.

कैसे लोगों से अब पाला दिखता है
सच्चाई को देश निकाला दिखता है

राजनीति के उजले कपड़ों में अब तो
केवल काला, केवल काला दिखता है

कैसे कह दूँ लोकतंत्र है यह सच्चा
सबके होठों पे जब ताला दिखता है

साफ़ करो तो लोकतंत्र दिख जाएगा
अभी तो इस पर कितना जाला दिखता है

कफ़न बेच कर बड़ा मुनाफ़ा कमा लिया
उस बंदे का सोच तो आला दिखता है

नैतिकता की बात मियाँ तुम मत करना
उनको अच्छा काम हलाला दिखता है

जब सारे चुप बैठे हैं वह चीख रहा
पंकज कितना हिम्मतवाला दिखता है

■

80.

बड़े नियम के पक्के हैं वे ऐसा लोग बताते हैं
पानी छान के पीया करते खूँ कच्चा पी जाते हैं

उनके बारे में मत सोचो स्वर्गलोक ही जाएँगे
पापी हैं तो क्या होता है अकसर मंदिर जाते हैं

बीवीजी हैं मोटी–ताज़ी फ़िक्र नहीं कुछ भी उनको
खुल कर खरचो जब साहबजी इतनी रिश्वत लाते हैं

यहाँ–वहाँ उनके 'खाते' सो डट कर खाते हैं लेकिन
पेट नहीं निकला कैसे वे मालेमफ़्त पचाते हैं

सुबह–शाम नंबर दो के ही काम यहाँ जो निबटाएँ
ऐसे महापुरुष बस्ती में नंबर वन कहलाते हैं

अवसर आने पर जो ख़च्चर को भी बाप बना डालें
ऐसे ही सब लोग मुलुक में अपनी शान बढ़ाते हैं

भगवन तेरे भक्तजनों की भक्ति तक हो गई फिल्मी
फूहड़ गानों की धुन पर भी तुझको भजन सुनाते हैं

यहाँ सियासी डॉन–माफिया सब गैया के मेकप में
नादाँ पंकज धोखे खा कर बार–बार पछताते हैं

■

81.

पढ़-लिखे नालायक निकले
अनपढ़ बेटे लायक निकले

जिनको हम गँवार समझे थे
वे ही भाग्य विधायक निकले

लोकतंत्र का चोला पहने
नेता ही अधिनायक निकले

हमने समझा अपना रहबर
बहुत बड़े दुःखदायक निकले

सपने भी ठगते हैं हमको
एकदम वे खलनायक निकले

मेरा दुख कैसे बढ जाए
अपने बहुत सहायक निकले

नेता मतलब नये दौर में
धोखे के परिचायक निकले

■

82.

आखिर में ख़त्म हो गया सब ठाठ क्या हुआ
अब हाशिये पे है वही खुर्राट क्या हुआ

मिलता है पद अगर तो रहो आदमी बन कर
हो जाए कब खड़ी न कहो खाट क्या हुआ

चमचे कहाँ चले गए जयकार छोड़ कर
लगते थे बड़े मेले उस घाट क्या हुआ

पद का गुरूर था बड़ा चेहरा उतर गया
अब तो अतीत–सर्प रहा काट क्या हुआ

जो मिल गई चादर उसे तुम साफ़ ही रखो
सीखा नहीं कबीर का वह पाठ क्या हुआ

यह पद बड़ा कमीन है शैतान बना दे
हम चैन से ओढ़े हैं फटी टाट क्या हुआ

जीवन में प्यार और सरलता का पद रहे
छीनेगा नहीं कोई भी यह बाट क्या हुआ

■

83.

होठों पर मुस्कान हृदय में कितने छल ले कर
लोग यहाँ अकसर मिलते हैं सुंदर कल ले कर

आश्वासन की अर्थी लादे जीवन के शमशान में
कसम खा रहे हैं सब शातिर गंगाजल ले कर

बदलेगी तस्वीर मगर यह ख़ामोशी बेकार
उठना होगा लोगो अब तो इक हलचल ले कर

राजनीति की हालत दिखती नाले से बदतर
देश नहीं चल पाएगा अब यह दल-दल ले कर

केवल नारे, वादे झूठे कब तक हम झेलें
आना है तो अब तुम आओ कोई हल ले कर

कब तक हम रस्ता देखेंगे आएगा कोई
परिवर्तन होगा हम निकलें अपना बल ले कर

■

84.

दौर यह कैसा बनाया जा रहा
शातिरों को सिर चढ़ाया जा रहा

मर रहे हैं भूख से इंसान जब
व्यर्थ में राशन सड़ाया जा रहा

घूमते हैं लोग जो नंगे बदन
आधुनिक उनको बताया जा रहा

देश के हालात पे हम रो रहे
कुरसियों को नित हँसाया जा रहा

आदमी को मार के खामोश कर
इस तरह शासन चलाया जा रहा

ठग रहे नेता यहाँ प्रतिदिन हमें
कौन-सा यह ग़ुल खिलाया जा रहा

रोज़ ही महँगाई बढ़ती जा रही
देश को कितना रुलाया जा रहा

■

85.

शातिर जीते, सच्चे हारे
अकसर देखे यही नज़ारे

जब झूठे ही न्याय करेंगे
सच्चे जाएँ कहाँ बेचारे

टूट नहीं पाए हैं अब तक
जबकि हर पल हारे-हारे

आशा से विश्वास मिला है
शायद बदले दिवस हमारे

बहुत कठिन यह जीवन जीना
बैठी हैं बाधाएँ द्वारे

हार गए और टूट गए वे
मिल न पाए जिन्हें सहारे

जिनसे थी उम्मीद चमक की
टूट गए सबके सब तारे

झूठों का वर्चस्व देख कर
आँसू बहते साँझ-सकारे

है यह पापी पेट बड़ा ही
भटक रहे बन कर बंजारे ■

86.

काँच का जब घर रहेगा
पत्थरों का डर रहेगा

वह सुखी कैसे रहे जो
सोच से जर्जर रहेगा

वह विफल है जिसके लब पे
किन्तु–लेकिन–पर रहेगा

आदमी गर ठान ले फिर
काम तो हो कर रहेगा

प्यार हो घर में अगर तो
स्वर्ग–सा मंज़र रहेगा

जो सितमगर अंत उसका
आँसुओं से तर रहेगा

मर गए रिश्ते समझ लो
लब पे गर ख़ंजर रहेगा

नाम ख़ुद्दारी है उसका
क्यों झुका तब सर रहेगा

■

87.

वो है शरीफ़ लेकिन हालात का मारा
झाँसे में आ के मर गया जज़्बात का मारा

किस्मत ने दिया धोखा पर शख़्स वह कमाल
पैरों से काम लेता है अब हाथ का मारा

डरना है झूठ से हमें सच के लिए मरो
घुट-घुट के मर रहा है इसी बात का मारा

सूरज की रौशनी कभी उसको नहीं भाती
बचता है उजालों से यहाँ रात का मारा

पैदल भी चल रहे हैं मगर डर रहे हैं लोग
हर कोई हो गया है फ़सादात का मारा

■

88.

सच की राह में दुश्वारी है
लेकिन अपनी तैयारी है

चाहे जितनी तकलीफ़ें हों
हमने हिम्मत कब हारी है

पास तुम्हारे है कुछ दौलत
अपने हिस्से ख़ुद्दारी है

मुझे ग़रीबी में रहने दो
ज़्यादा दौलत बीमारी है

बिछे जा रहे वे चरणों पर
कुछ पाने की लाचारी है

कर्महीन लोगों को लगता
भूत कोई उन पर भारी है

मरते हैं सच कहने वाले
सदियों से यह सब जारी है

■

89.

जीवन की सच्चाई है
आकर यहाँ विदाई है

सावधान रहना इससे
वक़्त बड़ा हरजाई है

मेहनत करने वाले ने
इक दिन मंज़िल पाई है

जीतेगा ही सच इक दिन
झूठ नहीं सच्चाई है

जिस घर में होती करुणा
समझो वह सुखदाई है

मत उसको समझो अपना
जो भी चीज़ पराई है

सुख क्या है लम्बा सपना
या समझो परछाई है

■

९०.

झूठे जब आदर्श दिखाने लगते हैं
पहले से ज़्यादा गंधाने लगते हैं

जिनका पेट भरा होता है वे हमको
उपवासों का मर्म बताने लगते हैं

मिले शातिरों को कुरसी तो फिर देखो
अपने जन को वही सताने लगते हैं

छल–छंदों से ही दुनिया रहती है ख़ुश
इसीलिये हम भी मुस्काने लगते हैं

खाली जेब रहे तो कौन इधर आए
हों पैसे तो सारे आने लगते हैं

वर्तमान हो जैसा सच है यह लेकिन
बीते दिन भी बड़े सुहाने लगते हैं

अगर मुसीबत आ जाए तो हम केवल
अपनी हिम्मत दाँव लगाने लगते हैं

स्वारथ पूरा ना हों तो हमने देखा
अपने ही पंकज बेगाने लगते हैं

■

91.

साथ में रहते हुए भी अज़नबी बन कर रहे
ज़िंदगी में लोग जैसे इक कमी बन कर रहे

कैसे उनकी निभ सकेगी दो घड़ी भी दोस्तो
हर घड़ी जो बस हमीं हैं बस हमी बन कर रहे

कौन उसको भूल पाया है कहो संसार में
आदमी के बीच में जो आदमी बन कर रहे

एक बच्चा बोलता है तोतली बोली में सुन
काश के यह आदमी मेरी हँसी बन कर रहे

सूख कर बंजर हुए तो कौन आएगा इधर
वह दिलों में राज करता जो नदी बन कर रहे

मज़हबों के नाम पर गर ख़ूँ बहे इनसान का
शर्म है के आदमी यूँ मज़हबी बन कर रहे

उस नदी से रश्क करता है समंदर दोस्तो
प्यास जो सबकी बुझाए ज़िंदगी बन कर रहे

ज़िंदगी का पाठ ये आँसू सिखाते हैं हमें
आदमी तू आँख के अंदर नमी बन कर रहे

कैसे उसको हम कहेंगे आदमी पंकज यहाँ
चंद पैसों के लिए जो बस 'डमी' बन कर रहे ■

92.

अपनी जान जलाते क्यों हो
लोगों को समझाते क्यों हो

हृदयहीन बस्ती में जा कर
अपने शेर सुनाते क्यों हो

भीतर–भीतर दर्द समेटे
बाहर तुम मुस्काते क्यों हो

जहाँ तम्हारी इज़्ज़त ना हो
उस दर पे तुम जाते क्यों हो

अगर प्यार सच्चा है तो फिर
इसको भला छिपाते क्यों हो

माना के अहसान कर दिया
हरदम इसे जताते क्यों हो

दिल से दिल तो ना मिल पाया
केवल हाथ मिलाते क्यों हो

प्यार नहीं है पंकज से तो
बार–बार यूँ आते क्यों हो

■

93.

स्वारथ सधे तो रिश्ता वरना यही लहू-सा रिसता है
तेरी-मेरी नहीं कहानी घर-घर का यह किस्सा है

प्यार-मोहब्बत-अपनापन ये लगे कहानी पुस्तक की
अब तो नफ़रत, लूटमार का चक्कर चलता रहता है

चलते-चलते जो गिर जाए उस पर हँसती है दुनिया
कौन उठाए फ़ुरसत किसको बिज़ी आदमी ऐसा है

कहने को इनसान हो गए पर वैसी तहज़ीब कहाँ
हैवानों-सा यहाँ आचरण अब लोगों में दिखता है

'जो मेरा है वो भी तेरा' अब कहता है कौन यहाँ
'तेरा जो है वो भी मेरा' यही फ़लसफ़ा रहता है

तेरी दौलत-मेरी दौलत करते-करते मरे सभी
अक्ल न आयी लोगों को युग जैसा था अब वैसा है

■

94.

दर्द के पैबंद हैं मुस्कान के पीछे
हैं कई मजबूरियाँ इनसान के पीछे

यह दिखावे का नगर है क्या पता तुमको
कर्ज़ की बुनियाद भी है शान के पीछे

बात सच मैंने कही इस बात को लेकर
पड़ गए हैं लोग मेरी जान के पीछे

कह दिया उसने भरोसा कर लिया तुमने
आँख भी खोले रखो तुम कान के पीछे

मुझको उन हाथों से लेने में लगे है डर
जाने कितनों का लहू है दान के पीछे

भूल जाओ गर किसी ने कुछ कहा पंकज
है लगीं नाकामियाँ अपमान के पीछे

■

95.

छल के बल पर टिका रहे यह जीवन कब तक
समझेंगे सूखी लकड़ी को चंदन कब तक

तेरी इस बस्ती में टोपीबाज़ मिले सब
आख़िर हमको यहाँ मिलेंगे सज्जन कब तक

सबके सब तो यहाँ कर रहे धंधा–पानी
हमसे ही फोकट में होगा सिरजन कब तक

बदले में तुम धन्यवाद तक बोल न पाए
खाली–पीली हमीं करें अभिनंदन कब तक

वे तो अधिनायक बन कर के लूट रहे हैं
बेचारी जनता गायेगी जन–गन कब तक

आ जाओ तुम इतना भी अब मत शरमाओ
शर्मोहया के टूटेंगे ये बंधन कब तक

चालू होने का ठेका सब ले कर बैठे
यहाँ रहे पंकज गोपाला ठन–ठन कब तक

■

96.

उसके चेहरे पर दीखे मुस्कान बहुत
दिल है शायद उसका लहूलुहान बहुत

नफ़रत करने वालों से भी प्यार करूँ
कह ले दुनिया कहती है नादान बहुत

खोटे सिक्के, नकली फूलों के जलवे
असली की अब कहाँ रही पहचान बहुत

कहते हैं जो लूटे दुनिया को जितना
उतना ही करता है अकसर दान बहुत

दिल में कोई एक उतरता है पंकज
वैसे तो मिलते रहते इनसान बहुत

■

97.

स्वारथ के संबंध हो गए
झूठे हर अनुबंध हो गए

आड़े-तिरछे शब्द आ गए
निर्वासित अब छंद हो गए

कौन कहेगा सत्य यहाँ जब
कितने तो प्रतिबंध हो गए

कैसे छिपे ग़रीबी अपनी
जगह-जगह पैबंद हो गए

नफ़रत नींद उड़ा देती है
आँखें हो कर अंध हो गए

पूजा सारी व्यर्थ हो गयी
हम अपने में बंद हो गए

पंकज कोई प्यार करेगा
हम पागल-मतिमंद हो गए

■

98.

वे इतने बिंदास हो गए
अब तो बिना लिबास हो गए

गाली देना कला बन गयी
भजन यहाँ बकवास हो गए

सबको दो कौड़ी का समझा
खुद ही ग़ुम इतिहास हो गए

सुविधाओं के चक्कर में कुछ
सज्जन भी बदमाश हो गए

भ्रष्ट यहाँ दिखते हैं नायक
अच्छे सभी उदास हो गए

जाने का ये नाम न लेते
दर्द हमारे ख़ास हो गए

पढ़-लिखे कुछ विफल हुए तो
बिना पढ़े कुछ पास हो गए

■

९९.

आ कर हम बेहद पछताए बस्ती में
कितने हो गए लोग पराए बस्ती में

पानी तक के लिए नहीं पूछा सब ने
पता नहीं क्या सोच के आए बस्ती में

हम तो प्यार लुटाने आए थे लेकिन
नफ़रत-ही-नफ़रत बस पाए बस्ती में

प्यार हमारा सच्चा है लेकिन हाए
बिन दौलत यह काम न आए बस्ती में

बदल गए हालात देख कर लोग सभी
अपनों को पहचान न पाए बस्ती में

सुंदर चेहरा है थोड़ी-सी दौलत भी
इस पर वो नादाँ इतराए बस्ती में

डरता हूँ के अगर मर गया मैं तनहा
लाश हमारी कौन उठाए बस्ती में

सब कुछ इक दिन छोड़ के जाना है यारो
किसको कौन यहाँ समझाए बस्ती में

कोई तो इक चेहरा हो मुस्कान भरा
कब तक पंकज ही मुस्काए बस्ती में ■

100.

हमको ऐसे यार मिले
जिनके छिपकर वार मिले

दुश्मन भी शरमा जाए
कैसे रिश्तेदार मिले

जिन हाथों ने प्यार दिया
ऐसे भी दो-चार मिले

लगे पुराना है परिचय
जबकि पहली बार मिले

जो संघर्षों को पूजे
उसको स्वागत्-द्वार मिले

चेहरे पर मुस्कान नहीं
क्यों उनसे बेकार मिले

दिल से दिल ना मिल पाया
मिलने को सौ बार मिले

बड़े हुए भाई बँट गए
ऐसे भी परिवार मिले

लुटा दिया जनहित में सब
कुछ ऐसे दिलदार मिले

मर गए भीख नहीं माँगी
कुछ महान ख़ुद्दार मिले

खाओ-पीयो, मौन रहो
यही हमें अधिकार मिले

नंगापन ही बड़ी ख़बर
अब ऐसे अख़बार मिले

नफ़रत, साजिश औ आँसू
उफ़ कितने उपहार मिले

बिछ गए सत्ता के सम्मुख
ऐसे कुछ फ़नकार मिले

■

101.

फिर से लहूलुहान हो गया
फिर तेरा अहसान हो गया

दिल के बेहद छोटे थे वे
किनके घर मेहमान हो गया

अपना समझा था जिस घर को
वहीं मेरा अपमान हो गया

कुरसी क्या पाई उनको तो
ख़ुद पर बड़ा गुमान हो गया

ठोकर खाई बार-बार तो
दुनिया क्या है ज्ञान हो गया

मुझे देख ना मुस्काया तो
उसके मन का भान हो गया

अपनी शक्ति को पहचाना
लो मैं भी भगवान हो गया

निंदक मुझको नहीं डराते
मैं उनसे अनजान हो गया

जिसके मन में करुणा जागी
वही शख़्स इनसान हो गया

झलक दिखा कर छिप जाते हो
प्रिय तुमसे परेशान हो गया

कीचड़ फेंको गाली भी दो
यह कितना आसान हो गया

मेरा देवता राम है लेकिन
वही कभी रहमान हो गया

माँजा है हालात ने पंकज
हर संकट वरदान हो गया

■

102.

कहीं पर वे बड़े होंगे कहीं पर हम बड़े हैं जी
सभी के हैं शिखर अपने जहाँ भी जो खड़े हैं जी

कोई छोटा–बड़ा क्या हैं सभी इनसान धरती के
मगर उनको भरम हैं खास मिट्टी से गढ़े हैं जी

हमें यूँ ही नहीं मिल पाई है उपलब्धि जीवन में
ज़माने के हरेक शातिर से कितना हम लड़े हैं जी

अभी तो दूर है मंज़िल हमें कुछ और चलना है
अभी तो चार क़दमों तक ही केवल पग बढ़े हैं जी

ज़रा दौलत निकालें और भूखे पेट कुछ भर दें
सुना है आप सोने और चाँदी से मढ़े हैं जी

यह जीवन पाठशाला है यहाँ वे फेल हो जाते
मगर डिगरी कमाने पुस्तकें काफ़ी पढ़े हैं जी

यहाँ सब लोग मिहनत से गगन छूते रहे अकसर
मगर कुछ लोग कंधों पर यहाँ दिखते चढ़े हैं जी

रहे गलती पे हरदम किन्तु उनका दम्भ तो देखो
बड़े बेशर्म हो कर लोग तो ज़िद पर बस अड़े हैं जी

सफलता उनके माथे पर सदा चंदन लगाती है
जो ईमाँ और उसूलों के सवालों पर कड़े हैं जी

इन्हें मत रोप देना ये फ़सल बर्बाद कर देंगे
ये सारे बीज भीतर से गले या के सड़े हैं जी

बताई ज्ञान की बातें समझ में कुछ नहीं आया
वो मुस्का कर के बोला, हम तो बस चिकने घड़े हैं जी

रहे अपनी ठसन में इसलिए कुछ कर नहीं पाए
जहाँ पर थे कभी वो आज भी वैसे खड़े हैं जी

यहाँ होता है ऐसा भी कोई पत्थर चमक जाए
मगर पंकज कई हीरे अभी यूँ ही पड़े हैं जी

■

103.

पद क्या पाया मद है भाई
वैसे बौना क़द है भाई

हँसना भूल गया बेचारा
इस कुरसी की हद है भाई

पैसे ख़ातिर अपने छूटे
अब देखो गद्‌गद है भाई

सीखो ऊँचाई-शीतलता
उधर एक बरगद है भाई

परिचय है पर काम न होगा
नोटों की आमद है भाई

मारपीट औ गुण्डागर्दी
कैसी यह संसद है भाई

अगर प्यार से मिलने आओ
फ़ुरसत-ही-फ़ुरसत है भाई

बाँटोगे गर ख़ुशियाँ सबको
बरकत-ही-बरकत है भाई

कभी नहीं मैं रुक पाता हूँ
सच कहना आदत है भाई

हिंसक हाथों में है पूजा
उन सबको लानत है भाई

सच को पीट रहे हैं डंडे
उफ़ कैसी आफ़त है भाई

समझ सको तो कविता पंकज
जीवन का इक पद है भाई

■

104.

इतना अधिक ज़हर मत घोलो साहबजी
जब भी बोलो मीठा बोलो साहबजी

अपनी काया में ही सिमटे रहते हो
कभी-कभी तो सब के हो लो साहबजी

सबको ही तुमने ख़ारिज कर डाला है
अपने को भी इक दिन तौलो साहबजी

दूजे के चेहरे पे कालिख देख रहे
पहले अपना मुँह तो धो लो साहबजी

लोकतंत्र में अँगरेज़ों के ओ वंशज
अपनी भाषा ज़रा टटोलो साहबजी

रहे रात भर क्लब में वाइन-शाइन पी
भोर हो रही अब तो सो लो साहबजी

अरबों रुपये कमा डाले तुमने अब तक
कहाँ से लूटा मुँह तो खोलो साहबजी ■

105.

दोस्तो उस आदमी की शान ज़िंदा है
मुफ़लिसी में भी अगर ईमान ज़िंदा है

जो नहीं बिकते कभी दरबार में जा कर
उन फ़क़ीरों की यहाँ पहचान ज़िंदा है

कौन उसको रोक पाएगा भला सोचो
कर गुजरने का अगर अरमान ज़िंदा है

दर्द हमको देर तक रोने नहीं देते
आँसुओं में भी कहीं मुस्कान ज़िंदा है

ख़ूब पूजा-पाठ करते हैं इबादत भी
क्यूँ मगर दिल में अभी शैतान ज़िंदा है

मर नहीं सकती कभी इंसानियत पंकज
गर कहीं पर एक भी इनसान ज़िंदा है

■

106.

बड़े ही प्यार से कुछ लोग तो कुत्ते खिलाते हैं
मगर जब आए भूखा तो उसे फ़ौरन भगाते हैं

शहर के लोग हैं कारों में इनके घूमते 'डॉगी'
मगर माँ-बाप बूढ़े घर में तब आँसू बहाते हैं

शहर में सभ्यता का आज आलम हो गया ऐसा
यहाँ अब बेहयाई को ही सुंदर पथ बताते हैं

सियासी क्रूर तानाशाह जैसे हो रहे अब तो
जहाँ पा जाएँ कुर्सी लाठियाँ-गोली चलाते हैं

जो चमचे हैं यही कहते चरमसुख है बड़ा इसमें
जो ओहदेदार हैं उनके यहाँ वे सर झुकाते हैं

■

107.

मैं उजियारा बाँट रहा था मगर हवा को रास न आया
उसने आँधी को भेजा फिर मेरा जलता दीप बुझाया

एक दीप बुझ जाने पर भी हार नहीं मानी मैंने
फिर से दीप जला आँधी को मैंने सबक उसे सिखलाया

नेक राह पर चलना भी क्या अब इतना आसान रहा
फिर भी काँटें चुन-चुन मैंने हरदम आगे क़दम बढ़ाया

आओ हम सब मिल कर के अब अंधकार पर हल्ला बोलें
देखो साथ निभाने ख़ातिर नन्हा दीपक भी आगे आया

जिसने अपनी राह बनाई मेहनत करके जीवन में
उस राही को इस दुनिया में सचमुच कोई भूल न पाया

असफलताएँ और नहीं कुछ इम्तिहान है पंकज का
लगता है जी भर कर मैंने अभी नहीं कुछ ज़ोर लगाया

■

108.

आज है जो दृश्य वह नेपथ्य में कल जाएगा
डूबता है सूर्य लेकिन वह दुबारा आएगा

हर घड़ी रहती नहीं सत्ता उजाले की यहाँ
वह सुखी होगा जो अपने आप को समझाएगा

वक़्त है निर्मम बहुत यह मानता बिलकुल नहीं
है बड़ा भूखा सभी को एक दिन यह खाएगा

पा गया जितना उसे ही तू सँजो कर रख ज़रा
और के चक्कर में बाकी क्या पता मिट जाएगा

तूने जो बेहतर रचा है व्यर्थ होगा क्यूँ भला
है सृजन दमदार तो हर युग उसे दुहराएगा

ज़िंदगी का गीत गर सुंदर बना तो देखना
बाद में तेरे इसे पंकज कोई तो गाएगा

■

109.

आँसुओं को व्यर्थ ही बेकार क्यों करना
जो दग़ा देते हैं उनसे प्यार क्यों करना

दिल मेरा कैसे बिके ख़्वाहिश नहीं कोई
व्यर्थ ही इसको यहाँ बाज़ार क्यों करना

ज़िंदगी में जीत की संभावना है जब
हारने की बात को स्वीकार क्यों करना

पत्थरों के इस नगर में कौन सुनता है
दिल के अपने दर्द का इज़हार क्यों करना

हम बुलाते ही रहे वे ही नहीं आए
इक यही है काम क्या हर बार क्यों करना

■

110.

जितना मुझको मिला सच कहूँ जी भर कर उपहार मिला
भूल गया सारी कडुवाहट इतना ज़्यादा प्यार मिला

प्यार लुटाया अपना जिसने उसको हरदम प्यार मिला
जैसी करनी वैसी भरनी इस जीवन का सार मिला

जैसा दोगे इस दुनिया में वैसा ही तुम पाओगे
एक नहीं यह अनुभव सबको जीवन में हर बार मिला

तुम क्या आए यह मौसम भी अब कुछ–कुछ रूमानी है
गर्मी में बरसात हो गयी, घर बैठे त्यौहार मिला

पास अगर है पद–पैसा तो दुनिया शीश झुकाती है
खाली जेबों को दुनिया में मरा हुआ व्यवहार मिला

मैंने उनको राह दिखाई अब उसने मुँह फेर लिया
उनकी नैया पार हो गयी बस हमको मँझधार मिला

सुबह–सुबह मैं डर जाता हूँ कैसे देखूँ ये मंज़र
खूँ से लथ–पथ रोज़ाना ही मुझको तो अख़बार मिला

कैसे अपनी हालत पंकज ठीक भला कर पाते सब
जो हकीम था इस बस्ती में वह ख़ुद ही बीमार मिला

■

111.

बेच डाला जिस्म और ईमान रोटी के लिए
क्या से क्या होता गया इनसान रोटी के लिए

ख़ून के रिश्ते कलंकित हो गए बाज़ार में
आदमी कितना गिरे भगवान रोटी के लिए

क्या पराये और क्या अपने सभी का क़त्ल कर
आदमी अब बन गया शैतान रोटी के लिए

भूख से लाचार लोगों की फ़सल अब उग रही
क्यों रहे बदहाल हिन्दुस्तान रोटी के लिए

ज़िंदगी के वास्ते रोटी ज़रूरी है मगर
कर रहा इंसान विष का पान रोटी के लिए

था बड़ा ख़ुद्दार लेकिन वक़्त कुछ ऐसा पड़ा
कर दिया नीलाम हर सामान रोटी के लिए

न्याय और कानून–सत्ता हर तरफ़ बाज़ार है
डगमगाता ही रहा मीज़ान रोटी के लिए

भूख से पागल हुआ तो ले रहा है देखिये
आदमी ही आदमी की जान रोटी के लिए

भूख से तो मर गया पंकज मगर वह कह गया
क्यों भला बेचूँ अरे सम्मान रोटी के लिए ■

112.

बातें बड़ी भली करता है लेकिन वह इनसान भी हो
क्या मालूम देवता बाहर भीतर इक शैतान भी हो

इस दुनिया में भले जनों की अब गुंज़ाइश है मुश्किल
शायद कहीं किसी कोने में अच्छे का सम्मान भी हो

माना के तुम बुद्धिमान हो लेकिन इतना तो कर लो
वक़्त पड़े तो नादानों के बीच तनिक नादान भी हो

इतने भी ख़ुदगर्ज़ नहीं तुम हो जाओ इस दुनिया में
अपनी जय-जय करवा लो पर दूजों का जयगान भी हो

ख़ून बहाकर जीवों का जो भक्तों से ख़ुश होता है
लानत ही भेजूँगा उसको चाहे वह भगवान भी हो

जीवन है यह धूप-छाँव का खेल हमेशा चलता है
शायद कभी मिलेगा अमृत और कभी विषपान भी हो

दुनिया में हम तरह-तरह के लोगों से तो मिलते हैं
अच्छे और बुरे की हमको थोड़ी-सी पहचान भी हो

सच्चा है इनसान अगर तो बेशक वह यह चाहेगा
एक तरफ़ हो राम अगर तो एक तरफ रहमान भी हो

अगर बहुत ही लम्पट है तो वह क्या इज़्ज़त पाएगा
चाहे पढ़ा-लिखा हो पंकज या कोई विद्वान भी हो ■

113.

दूसरों पर न कीचड़ उछाला करो
ख़ुद के चेहरे को भी तुम निहारा करो

अपने घर को ही रौशन किया मत करो
हैं जहाँ भी अंधेरे उजाला करो

तुम ही दुनिया में सबसे बड़े आदमी
इस तरह के भरम तो न पाला करो

दिल में गुस्सा भड़कने लगे जिस घड़ी
हर गलत फ़ैसला कल पे टाला करो

गलतियाँ तुम बताओ किसी की मगर
है यह बेहतर कि ढंग से इशारा करो

हर तरफ़ बिखरी-पसरी हैं रंगीनियाँ
तुम भटकता हुआ दिल सँभाला करो

सबकी ज़ेबें ही कब तक टटोलोगे तुम
ख़ुद के खीसे में भी हाथ डाला करो

चाहते हो अगर तुम ख़ुशी दोस्तो
अपने बच्चे से भी खेल हारा करो

■

114.

जब-जब आए गंदे लोग
हुए किनारे अच्छे लोग

झूठों की साज़िश पे बस
छिप कर रोए सच्चे लोग

दुनिया है इक बागीचा
फूल भी हैं तो काँटे लोग

ख़ुद से और ख़ुदा से डर
मगर कहाँ अब डरते लोग

स्वार्थ का रथ हाँक रहे
कहने को हैं अपने लोग

हिम्मत करके चलते जा
पा जाते हैं रस्ते लोग

गलत काम करके भी अब
बेशर्मी से हँसते लोग

वाह-वाह करते ख़ुद की
ऐसे होते टुच्चे लोग

जिनका कुछ ईमान नहीं
सबके दर पर झुकते लोग

छिपकर हमले करते हैं
कायर या फिर हिजड़े लोग

भीतर–भीतर रो लेते
बाहर–बाहर हँसते लोग

काँटों को लज्जित करते
फूलों का पथ बनते लोग

अपनी राह बना लेते
इक दिन बढ़ते–बढ़ते लोग

आख़िर में जीतेगा सच
सदियों से यह कहते लोग

बहकावे में आ जाते
बच्चे जैसे कच्चे लोग

महफ़िल उखड़ी घुस आए
पंकज ऐरे–गैरे लोग

■

115.

कहते हो तुम आओ तो
दिल से मगर बुलाओ तो

सबको टिप्स दिया करते
ख़ुद को भी समझाओ तो

अगर सही में ख़ुश हो फिर
हमें देख मुस्काओ तो

भीतर-भीतर क्यों घुलना
दिल की बात बताओ तो

हो जाएगा वह तेरा
पहले हाथ बढ़ाओ तो

दिल में इक बच्चा रहता
उसको तुम बहलाओ तो

कौन तुम्हारे घर आए
तुम भी आओ-जाओ तो

अंधकार यह भागेगा
दीपक एक जलाओ तो

बातें बड़ी-बड़ी करना
उसे अमल में लाओ तो

प्यार बड़ा बेमज़ा लगे
मुझको तनिक सताओ तो

मौसम बड़ा सुहाना है
पंकज अब तुम गाओ तो

■

116.

अपने जब ठुकराते हैं
आँसू साथ निभाते हैं

अपनों से धोखे खा कर
हम केवल पछताते हैं

दिल-ही-दिल में रोते हम
बाहर से मुस्काते हैं

यादें आतीं सहलाने
जब सारे बिसराते हैं

प्यार ख़जाना है अपना
जी भर इसे लुटाते हैं

देख के दुनिया को समझे
सुख-दुःख आते-जाते हैं

प्यार-वफ़ाओं के किस्से
सुनकर अब मुस्काते हैं

कविता मत समझो इसको
दिल का दर्द सुनाते हैं

अपने तो ख़ुदगर्ज़ हुए
बेगाने अपनाते हैं

अब तो आओ निर्मोही
कब से तुम्हें बुलाते हैं

ख़ुद्दारी का सुख है क्या
आओ हम बतलाते हैं

उल्टा दौर यहाँ चेले
गुरुओं को समझाते हैं

तन्हाई में पंकज जी
हम ख़ुद से बतियाते हैं

■

117.

झेलता हूँ छल मगर यह छल नहीं आया
मैं भी इक शातिर बनूँ वह पल नहीं आया

कल हमारे दिन फिरेंगे बस यही सोचा
सोचता ही रह गया पर कल नहीं आया

प्यास जिसको भी लगी जल तक वही पहुँचा
सच यही है प्यासे लब तक जल नहीं आया

सब्र करती ज़िंदगी की त्रासदी देखो
सब्र का मिलता है मीठा फल नहीं आया

खूब गरजे थे मगर वे फिर नहीं बरसे
लौट कर आँगन कोई बादल नहीं आया

माँ तुम्हारे बिन अभी तक मैं झुलसता हूँ
छाँव देने फिर कोई आँचल नहीं आया

रोज़ वादे और नारे यह सियासत है
हैं समस्याएँ बहुत पर हल नहीं आया

झूठ का पंकज यहाँ सम्मान है कितना
सत्य की ख़ातिर कोई पागल नहीं आया

■

११८.

सिर्फ दर्पण को सजाया जा रहा
और चेहरे को छिपाया जा रहा

झूठ को ही सच बताया जा रहा
सत्य को क्यूँ कर मिटाया जा रहा

जो कहेगा सत्य वह मुज़रिम यहाँ
क्यों नियम ऐसा बनाया जा रहा

पेट खाली थे उन्हें कुछ ना मिला
तृप्त लोगों को खिलाया जा रहा

रोज़ ही कहते हैं लाएँगे ख़ुशी
फिर हमें उल्लू बनाया जा रहा

ज़ुर्म गर धनवान कर ले छूट है
बस ग़रीबों को सताया जा रहा

हमने तो चेहरा दिखाया था उन्हें
हमको सूली पे टंगाया जा रहा

दौर कैसा आ गया है आजकल
झूठ को सिर पे चढ़ाया जा रहा

बेदख़ल कर के यहाँ अच्छाई को
जश्न अब पंकज मनाया जा रहा ■